›Liebeserklärung‹ ist der erste Roman des Bachmann-Preisträgers Michael Lentz. Er erzählt die Geschichte einer Trennung, einer neuen Liebe und einer winterlichen Reise durch Deutschland, das ein Land im Abschwung ist – oder gilt das nur für den mit seiner Liebe verzweifelt Kämpfenden?

Grenzüberschreitend offen und unerschrocken ungerecht, so laut, dass die leisen Töne wieder hörbar werden, erklärt Michael Lentz seine Liebe und geht aufs Ganze. Diese »Liebeserklärung« ist ein unerhörtes, zudringliches, schamloses, hasserfülltes, zärtliches Buch über das Rätsel und die Ratlosigkeit, das Verwunden und das Verwundern, über Grausamkeit und Glück, über das große Thema der Literatur und des Lebens: die Liebe. Und es ist eine kompromisslose Erzählung und eine Zumutung in einem so bisher nie gehörten emotionalen und erotischen Ton. Diese »Liebeserklärung« vergisst man nicht.

Michael Lentz, 1964 in Düren geboren, lebt in Berlin. Diverse Preise, u. a. den Ingeborg-Bachmann-Preis 2001 und den Förderpreis des BDI 2002. Zuletzt erschienen die Prosabände ›Oder‹ (Bd. 15572) und ›Muttersterben‹ (Bd. 15549) und die Lyrikbände ›Neue Anagramme‹ (Bd. 15571) und ›Aller Ding‹ (S. Fischer Verlag).

Unsere Adresse im Internet: www.fischerverlage.de

für Cat in Zett

Das ist unsere Geschichte. So weit. Da bist du, und da bin ich. Und wir sind beide noch da. Das ist mehr als erwartet. Wir sind da. Wir sind anderswo. Das ist wenig genug.

Zuneigung ist das Wort. Das lange gesuchte. Das verlorene. Zuneigung ist keine verkürzte Zueignung. Ich neige dir zu, könnte auch ein Schiefstand sein. Es könnte auf eine verbesserungswürdige Körperhaltung schließen lassen. Ich empfinde unter dem Wort Zuneigung etwas Umfassendes. Ganz zugeneigt. Unberührbar und triebhaft zugleich. Und diese Zuneigung bleibt so ganz frei von, so stark gegen diese plötzlich einsetzende Zerstörungswut, du weißt schon. Sie bleibt. Die Zerstörungswut. Die das feine Gespinst, das Zwischen zersetzende Zerstörung. Sich langsam auflösende Bande, die wir fester ziehen. »Knoten und Verwicklung«, fester angezogen, löst nur ein »Donnerschlag«.

Und vor uns? Eine Ehe. Mit Z. Eine Flucht. Das Bewusstsein einer verlorenen Ehe. Eines Tages aufwachen und »diese Ehe ist zu Ende« denken. Ich wache eines Tages auf und denke, meine Ehe ist zu Ende, das denke ich, ohne das Lieben aufgehört zu haben. Das Erschrecken hierüber. Sofort die Konsequenzen daraus ziehen wollen, aufwachen mit dem Gedanken, diese Ehe ist zu Ende, das fühle ich genau, unmissverständlich fühle ich das Ende der Ehe, stehe auf mit der Ankündigung Z gegenüber, einmal kurz weggehen zu müssen, etwas holen zu müssen, verlasse die Wohnung, stehe vor dem Haus und kann es nicht fassen. Eine durch permanente Abwesenheit beendigte Ehe, deren Ende noch nicht ausgesprochen ist, deren deutliches Ende unsere Begegnung ist. Das Ende der Ehe ist eine Andere. Ist A. Bist Du. Ein baldiges, fremdes Zusammenleben, das unsere Geschichte ist. Ein Auslandsein. Und in diesem Auslandsein haust von Anfang an der Abschied. Der Abschied ist ein Unterwegssein. Eine unausgesetzte, aus dem Ausland heraus und ins Ausland zurück führende Deutschlanderfahrung. Eine Wiederholung. Eine verloren geglaubte Deutschlandehe, unsere fluchtartig ergriffene Auslandsliebe. Und dazwischen rase ich, löse mich auf. Ich flimmer. In Deutschland eindringen, ein Auslandsfremdgang. »Ich und flennen? Ich flenne. Verzeih. Du, verzeih.«

Und wir? Vergessen wir uns? Stunden aufgelöster Körper, da wir ganz vergessen sind. Etwas Heraufziehendes, während der Umarmung Heraufziehendes, die Umarmung Lösendes. Dann schauen wir uns an, in die Fremde. Es ist da eine Moräne in Gang, eine Verschleppung, Aufschiebung, wir geraten in Rückstand, der nicht einzuholende Vorentwurf, dass wir uns begegnet sind mit den Worten, es wird soundso, es wird mit uns soundso, und da haben wir uns nicht eingefunden, da haben wir nicht hineingepasst, das schon war die doppelte Spaltung, die ins Leere geworfene Projektion. Zweiwelten. Dass ich ein anderer bin, das willst du nicht wahrhaben. Dass du eine andere bist, und ich stehe ohne Verständnis da. Und die ganze Welt der Befürchtungen, der Abwendung, des Rückenkehrens, des nicht mehr zueinander Findens, in die Seitenlage gedrückt, an den Bettrand geschmiegt, Außenlage, nicht wahr, wo keiner hinreicht, wo keiner sich ausstrecken kann, verteilte Berührungslosigkeit, Zweiwelten, wo es doch nur einer Handreichung bedürfte, einer zarten Hand.

Und vor uns? Wer sagt denn, die Frau sei die Strategin der Verweigerung, des Entzugs, allein. Zwei Jahre unterbreiten wir eine Körperauslöschung. Eine Existenzwiderlegung. Völlige Kontrolle der Geschlechtsteile. Das Regungslose trainiert. Einen jahrelangen Ehezustand der absoluten Ficklosigkeit haben wir aufkommen lassen. Wendest du dich von mir ab, widerlege ich dich? Ich entziehe mich dir mit aller Härte? Mein uneingeschränkter Vernichtungswille?

So könnte dieses Planspiel einer völlig entglittenen, einer grausamen Entzweiheit aussehen. Jähe Hingabe, ein Vernichtungswille. Wo aber fängt Abwendung an! Sie hat schon angefangen. Und im Anfang ist Abwendung. Unser Anfang. Die Heimat verlassen, über die Grenze gehen. Die Ehe verlassen, über die Grenze gehen. Bei dir sein, Hals über Kopf. Dann stellt sich plötzlich diese Frage nach Abwendung ein wie eine Rückfrage, ein zu Boden gefallenes Stück Porzellan, dessen Seltenheit erst jetzt deutlich vor Augen tritt. Keine Einfühlung, kein im anderen Denken, aus dem anderen heraussehen, aus dir, von Anfang an nicht. Und findet man dann nicht eines Morgens auf dem nicht geteilten Frühstückstisch, dem Auslandstisch, ernsthaft unauffällig platziert zwischen Konfitüre und Brot, findet man da nicht einen Zettel mit dem Vermerk, »Ich habe das Gefühl, wir fahren unsere Liebe in den Boden. Das macht mich sehr traurig.« Und denke ich, lesend, nicht, welche Liebe? Ich weiß nicht, wovon hier die Rede ist, und schießen mir nicht bereits die Tränen in die Augen, und du reckst dich mir entgegen, mit weit geöffneten Armen, im Bett, neben mir, ich möchte, dass du mir entgegenkommst, sagst du, lass uns Frieden schließen, sagst du, und du bist ganz aufgewühlt, feiner Schweiß bedeckt deinen Körper, du vibrierst, verlangst mich, dein nasser Mund, deine Mauern einreißende Geilheit. Die so frisch ist und ungestillt, du reckst mir deinen schönen, deinen nassen Schoß entgegen, nimmst meinen pochenden Schwanz, ich rase dir zu, gleite mit den Fingern in deine Möse, lass dich zappeln, während du mich sofort zum Abspritzen bringen willst, du sagst, Männer hätten da keine Kontrolle, Zeige- und Ringfinger umrahmen die Schamlippen, schürzen sie enger, der Mittelfinger gleitet auf seiner so geführten Bahn, du bist so nass, so angeschwollen, dein saugender, schmatzender, dein ausfließender Mund, und da möchte ich kommen im Augenblick, das Anstehende herausschießen lassen, für Sekunden alles ablassen, abwerfen, wir verstehen uns, wie das geht, wie man sich auf höchster Ebene gegenseitig einen runterholt, gib mir deinen Saft, stöhnst du, ziehst mich über dich, in dich hinein, gib mir deinen Saft, stöhnst du, lass es kommen, sagst du, ich empfange dich, nehme dich auf, und während ich das festhalte hier, was nicht festzuhalten ist, während ich uns so im Gedächtnis habe, deinen mich rasend machenden Körper in Händen, die ihn immer nachfühlen, wenn du fern bist, die ihn immer erneut durchwandern, während du so ausgebreitet bist, zugewendet, so angeschlossen, gekoppelt, während ich das festhalte hier, versteife ich mich.

Und sag, warum küsst du mich aber nicht am Morgen,

obwohl du mich in der Nacht liebst, stöhnst, mich nicht mit jemand anderem verwechselst? Oder habe ich das bloß irgendwo gelesen. Oder Rolf Dieter, stammt das von dir?

Und dass du dir im Hotel Pornos anschaust und wichst, das freut mich regelrecht, wie gesagt. Da ist man dann nicht so allein. Du ziehst dir oft den ganzen Streifen rein, ich massiere meinen Schwanz bis kurz vorm Abspritzen und komme dann während der zwei Minuten gratis. Deine bewundernswerte Dildotechnik. Wie du den Kunstschwanz ins Loch jagst, wieder hineindrückst, immer schneller, heftiger, vor- und zurückstößt, und gleichzeitig mit den Fingern bei auseinandergespreizten Schamlippen den Kitzler bis zur Harnröhre entlang rast, und dass ich das besser könne bei dir als du selbst, dass du heftiger kommen könntest, wenn ich dich mit den Fingern, undsoweiter. Die amerikanischen Streifen haben es dir besonders angetan. Die haben schon ganz dein Hirn besetzt, sagst du. Synchronisierte Pornos seien das Letzte. Im Studio nachbearbeitete Spritzkunst. Läuft so ganz im Hintergrund penetrierende Bumsmusik, kommt's ganz dicke. Die Männer hätten nur fiese Ausdrücke für Möse, für Vagina, nasse Fotze zumeist. Dann das nachgestellte Stöhnen. Lecken und Blasen. Die Frauen sagten meist nichts, weil sie eh den Mund immer voll hätten. Ob es mich beunruhige, wenn du manchmal diese Bilder bumsender Pornopaare vor Augen hättest, beim Bumsen, unten und oben muss es gleich nass sein, aus der Hüfte geschossen, das verstehe ich erst jetzt, was das heißt, während wir die Sau rauslassen, »du mit deiner Kanone«. Tatsächlich ist unsere so genannte westliche Bumskultur ziemlich vorn Hund, ziemlich kaputt, aber schönste Stunden haben wir, ein Geschenk ist das, ein

Geschenk. Kleiner Tod heißt Kleiner Tod, weil man für Augenblicke selbstvergessen ist, lese ich in den Erinnerungen eines amerikanischen Psychiaters, ein Licht ausknipsen, das ist das Kommen, und das verstehe ich erst jetzt. Und ich will es immer wieder, ich will das immer wieder in dir, du bist in Wirklichkeit mein Körper, eine nackte, eine nach vorwärts gewandte Erinnerung. Mit dieser ganzen Wucht immer wieder in dir ausströmen, ausschwärmen. Nie bin ich dann erschöpft. Als würde ich die hinausschießende Energie selbstkopulierend wieder direkt in mich aufnehmen.

»Andererseits liebte er sie doch nicht, denn er sehnte sich bloß nach ihr«, sagt der alte Däne. Und die Morgenröte, und der Nebel in den Feldern. Das Räkeln und das Dasein. Was fange ich an mit den Jahren, die ich zu früh fertig geworden bin. Wenn du nicht bei mir bist, wenn du fern bist. Ist Sehnsucht keine Liebe? »Andererseits liebte er sie doch nicht, denn er sehnte sich bloß nach ihr.« Dass du ja nicht mehr gestern bist. Wie gestern bist du nicht. Und ich halte nur ein Bild, einen Moment in Erinnerung. Was es denn mit diesen Erinnerungen auf sich hat. »Wiederholung und Erinnerung sind dieselbe Bewegung, nur in entgegengesetzter Richtung.« Alter Däne, mach mich nicht schwach! Wiederholung ist also das, was bei den so genannten Griechen »Erinnerung« war? Ob die Erinnerung heimlich die Welt regiert. Ob ein Mensch, der nicht aus Erinnerung besteht, denn tatsächlich aus nichts bestehe. Und wie dieses Nichts denn aussehe. Jeder Kuss also eine Erinnerung? Jeder Fick eine Erinnerung? Ich strecke mich nach dir aus, und du bist nicht da. Dein Nacken. Immer liegt mein Mund an deinem Nacken. Und meine Hand, die auf deiner Hüfte ruht. Und das ineinandergedrehte Verlangen. Und wenn du nicht da bist. Mein Mund, der deinen Körper sieht. Dein mich liebkosendes Flüstern. Das Sprechen, die wiederhergestellte Welt. Die sich immer dazwischen drängt. Er liebt sie doch nicht, denn er sehnt sich bloß nach ihr. Woher der alte Däne das denn weiß. Wenn Liebe dann gestillte Sehnsucht ist, ja was denn dann? Und nach was ist dieses Sehnen denn süchtig? Guten Tag, abspritzen, gute Nacht. Etwa danach? Nach Wiederherstellung der durch Liebe verletzten Einheit, die man selber ist? Ich möchte, dass du mich wiederherstellst, denn du bist in mich eingedrungen, du hast dich in mich eingepflanzt. Wie deine Lippen schmecken. Und was du mir zu sagen hast. »Du fehlst mir. Immer.« Und dass du das nicht immer sagst. Nur manchmal eben. Zunehmend gar nicht. »Du fehlst mir. Immer.« Und immer fängt die Liebe von vorne an. Und käme einer und fragte, ob die Liebe nun sein soll oder nicht, wer könnte ihm Antwort geben? Gäbe es keine Liebe, gäbe es keinen Tod. Auf den Grund gehen. Warum ich im August die Koffer wieder packte. Ansatzweise. Und wieder auspackte. Ansatzweise. Und was mich da gepackt hat. Kaum bin ich später als erwartet, packst du die Koffer, hast du gesagt. Sind das völlig außer Kontrolle geratene Verlustängste, ein Schrecken der Leere, Herr der Finsternis? Kannst du nicht ohne mich auch sein? »You are too stupid to realize yourselves«, singt jemand.

Im Gespräch mit Z völlig versackt. Ein Bier nach dem anderen aus dem Kühlschrank geholt. Unterbreitete, zum wiederholten Mal unterbreitete Erinnerungsangebote. Österreich zum Beispiel. Österreich ist eine Erinnerung wert. Weißt du noch, wie kalt der Traunsee ist. Und das

völlig heruntergekommene Hotelzimmer, das plötzlich
übermenschliche Preise hatte. Hier kann man sich auf
langen Spaziergängen selber begegnen. Und der Maler Ato
Oltman, der jahrelang im Schloss wohnte, was macht der
eigentlich? Hat der noch sein kleines Haus auf dem
Grünberg, mit seinen niedrigen Decken, so niedrig, dass
ich nur in tief gebückter Haltung hinein konnte, in sein
Haus. Und die Blumen. Gibt es noch die Blumen oben
überall, von wo man sich hinunterstürzen könnte? Eine im
Wind schaukelnde Blumenwelle. Das Auf und Ab, so wir.
Ohne dich geht es mir besser. Und auch ohne mich würde
es mir besser gehen. Ohne dich geht es mir auch nicht
besser. Wie hinaus, nicht wahr? Dass du jetzt wieder
rauchst, nachdem du es dir abgewöhnt hattest für Jahre.
Du. Immer ist die andere du.

Und du bist also wieder da in Österreich gewesen.
Und dass mir die Tränen runterlaufen, bemerke ich erst als
nasses Papier, als Nässe auf dem Papier. Gab es denn
früher nur Heiterkeit? Zum Auswringen. Sollte ich doch zu
dir zurück? Das kann es doch wohl nicht sein. Nach zwei
Stunden Telefon war ich völlig mürbe. Hätte man mir
gesagt, du heißt jetzt soundso, und bist nicht mehr der
soundso, ich hätte es geglaubt. Wie weit kann man sich in
den anderen hineindenken, -fühlen, und bleibt immer
noch der eigene, wo fängt der andere an, wo hört man
selber auf? Nach zwei Stunden Telefon mit Z packe ich
meine nächstliegenden Sachen. Abhauen, auf der Stelle.
Zwei Uhr morgens. Du kommst. Kaum lässt man dich da
Stunden allein, drehst du durch, sagst du. Ich sitze da im
Stuhl und will es dir schriftlich geben, dass ich wieder gehe,
alles mitnehme, dass ich wieder dahin gehe, wo ich her-

gekommen bin. Ich hoffe, dass wir da mal drüber werden lachen können, erwidere ich Wochen später. Wochen später können wir immer noch nicht darüber lachen. Wir können überhaupt nicht mehr lachen. Eine mich zermürbende Ehegeschichte, die zunächst völlig zerrüttet zu sein scheint, die zum Auszug führt, zum Landverlassen.

So lange verheiratet, und keine Kinder, wirfst du mich bei unserer ersten Begegnung an, wir überqueren die Straße, nachts, so lange seid ihr verheiratet, und ihr habt keine Kinder, sagst du plötzlich, da stimmt doch was mit der Ehe nicht, setzt du drauf. Heiliger! Anderntags, kurz vor der Rückfahrt in diese Ehe, war ich überzeugt, meinen Pass verloren zu haben, ich fuhr noch mal ins Hotel zurück, in jenes wunderbare Hotel da in jener Gasse, stellte das Zimmer auf den Kopf, nichts, fuhr zum Schiff zurück, zur Fähre, baute den Koffer auseinander, wieder zusammen, Pass in der Hose. Fängt ja gut an, das neue Leben, dachte ich, Beklemmung kommt auf, später im Zugabteil fahr ich allein vor mich hin, krame in allen Taschen rum, um irgendetwas zu machen, Ablenkung heißt das Triebwort, ich suche nichts, ich finde nichts, Fremdwährung überall, was soll ich mit der noch anfangen, mit diesem fremden Restgeld, Kaffee trinken, vielleicht, im Zug einen Kaffee kaufen gehen, sofort nach vorne in Richtung da wo vorne ist, sofort in die falsche Richtung, Kaffeerichtung ist hinten, hinten stauen sich die Reisenden, die ich mit einem Mal alle nicht mehr leiden kann, die haben dir doch nichts getan, höre ich mich denken, der heiße Kaffee ist viel zu heiß, der viel zu heiße Kaffee schlabbert aus dem Becher raus, übern Becherrand fällt der Kaffee raus, oder was macht Kaffee, wenn er dem Becher entweicht überbord, und zwar nicht mundlings, sondern teilnahmslos, selbstlos, was weiß ich, der kaffeeliche Rest verbrennt mir die Zunge, das spüre ich jetzt noch, jedes Zungeverbrennen ist eine Erinnerung an vergangenes Zungeverbrennen, eine verbrannte Zunge ist eine der nachhaltigsten Eindrücke, die das Leben hinterlassen kann, eine mit nichts zu verwechselnde Empfindung, sitze dann allein im Abteil so vor mich hin mit verbrannter Zunge, überlege, ob ich wieder in den Taschen kramen soll, »so kann's gehen«, habe ich dir beim Abschied gesagt, weißt du noch, so konnte es aber nicht weitergehen, keine Kinder, mit dir aber möchte ich Kinder haben, würdest du mich heiraten, habe ich dich gefragt, obwohl ich verheiratet war, was ich dir sagte, verheiratet und keine Kinder, und abends, bei zahllosem Bier, langtest du über den Tisch und nahmst meine Hand, und ich halte deine Hand fest, würdest du mich heiraten, habe ich dich gefragt, und du hast ja gesagt, und ich frage dich das, sitze also im Zug so merkwürdig verstockt, als sei in mir eingebrochen worden, als sei ich eingebrochen, eingestürzt, und du sagtest »ja«, und du sagtest, »ja ich will, ich will, ja ja, ich will«, wohin geht's hinaus, wie kann ich dann jetzt noch nach Hause fahren, und was soll das überhaupt sein, zu Hause, das so über Nacht ganz fremd geworden ist, und Wochen später, nach Auszug, Einzug, Trennung, Zusammensein, werde ich mir selber fremd, gehe mir aus dem Weg, drohe, wieder zu verschwinden, abzuhauen, zurück oder weg, weigere mich, zusammen mit dir im Bett zu schlafen, ist das eine Beichte hier?, verliere am Telefon die Nerven, kenne dich gar nicht, undsoweiter, wahnhaftes Ausmaß, und was wohl der alte Däne dazu sagt, grenzenlose Störung der Kommunikation, Vermeidungsstrategien, die Mängelliste ist groß, fast ein Totalschaden der Liebe, jetzt aber, diese Momente, sitze ich erst mal allein in diesem Zugabteil, ich sitze zurück, ich fahre in eine aussichtslose Richtung, es ist völlig falsch, in diese Richtung zu fahren, wird mir plötzlich klar, die Begegnung mit dir hat die Ehe beendet, fühle ich deutlich, eine schon vorher deutlich zu Ende gehende Ehe beendet, nicht wahr, ahne ich in diesem Zugabteil, wie ich auch jetzt in einem Zugabteil sitze, dir das zu sagen, nicht wahr, und soll ich jetzt lachen oder weinen, wie man in solchen Momenten so sagt, wie man in solchen Liebesdingen, in solchen durch und durch verwirrten Liebesangelegenheiten, so im Allgemeinen ja das sagt, was ich hier sage, wenn es auch nur für dich ist, wenn meine Liebe auch nur für dich ist, ist es nicht unerträglich, und ist es nicht unerträglich unumgänglich, und von allgemein anerkannter Bekanntheit, dieses Phänomen, dass wir keine Sprache der Liebe haben, aber eine Liebesflucht, einen Liebesabgrund, eine Vernichtung, dass wir keine Sprache der Liebe haben, die so ganz lieb ist, außer immer wieder die Hinwendung, das Versichern des Körpers, das Kommen und Gehen, und immer wieder sagen wir »Ich liebe dich«, und sind auch beschämt, nicht etwas anderes zu sagen von identischer Wucht, aber nein, wir können nur »Ich liebe dich« sagen, und sagten wir endlich etwas anderes, es liefe auf dasselbe hinaus, meinst du »Ich liebe dich«, würde der andere dann hinterfragen, willst du eigentlich »Ich liebe dich« sagen, fragt dann der andere, wenn du »Ich liebe dich« meinst, dann sage auch »Ich liebe dich«, und jetzt für diese Momente, sitze ich also gänzlich allein in diesem Zugabteil, und mir fährt es plötzlich ein wie Ohnmächtigwerden, steht es plötzlich so deutlich vor

Augen, dass ich's zu greifen meine, ja, das ist so eine Sprache, so ganz Unruhe, da ist ein Gift in mir, spüre ich, da ist etwas in mich hineingelangt, was Selbstrecht beansprucht, das geht vorerst da nicht mehr raus, du musst weg, weiß ich, du kannst da nicht mehr hin, wohin du zurückfährst, du kannst in diese Ehe nicht mehr hinein, du musst raus aus dieser Ehe, diese Ehe ist zu Ende, und ob diese Ehe tatsächlich zu Ende ist, es ist nichts anderes in dich eingeschlagen als eine die Verhältnisse auf den Kopf stellende Begegnung, ist das nicht viel zu wenig, »Begegnung«, du Wörtchen, du Würstchen, das war ja nicht einfach nur eine so genannte Begegnung, wie man zufällig an jemand anderen stößt, dorthin anstrandet, wo ein anderer bereits ist, mehr oder weniger stock und steif Besitz ergriffen hat vom ihn Umgebenden, vom Raum, man kommt dort an, weil es einen dorthin vertrieben hat, und ein anderer, eine andere ist bereits da, hat sich bereits einen Raum im Raum angeeignet, und dieser Raum hat schon Merkmale angenommen, Duftnoten, Blitzlichter, Erinnerungen, von dem, der in ihm, im Raum, Platz genommen hat, und dorthinein eindringen, in diesen besetzten, fremden, heiligen, beachtlichen Raum eindringen, in dem ein anderer bereits ist, der dieser andere bereits ist – und wem soll man danken, dass man nichts kaputtmacht in diesem Raum, dass man nichts zerstört, dass man den anderen nicht umbringt, der dieser Raum ist, kaum dass man in ihn eindringt, nicht abschafft, diesen. Kurz, das war keine einfache Begegnung, es war, Entschuldigung, der Urknall. So was gibt es nicht, und worüber redet man auf der Welt, überall. Auto, Hunger, Steuern, Realität. Kann man so naiv sein? Kann man einfach so einfach über die Grenze gehen? Aus dem Norden kommend nach oben über den Norden hinaus? Über das Wasser, über die Grenze? Kann man kein Wort über die Konsequenzen verlieren? Kann man denn so naiv sein? Sollte man die leisen Töne anschlagen? Sind Kinder eine Entschuldigung. Findet Welt im Fernsehen statt. Sollte staatlicherseits das Wort »man« abgeschafft werden. Sollte der Staat, wenn er vom Volke spricht, jeden Einzelnen aufzählen müssen, auch wenn das Jahre dauert. Jeden Müller, jeden Störzenhofecker. Das sind schon längst keine Fragen mehr. Ich glaube, man kann niemanden lieben, der nicht in einem drin ist. Eine Feststellung, eine Vermeinung, für die ich mich sofort schäme. Ich widerrufe, ich glaube, ich kann niemanden lieben, der nicht in mir drin ist. Ein Delirium, vom Thema abgekommen wie ein fern sein, ein fort sein, und du bist dieses in mir sein, was sagt der alte Däne dazu. Meine ferne Nähe. »Wo ist denn die Liste, nicht wahr.« »Was für eine Liste?« »Zwei Tonnen Hausrat und Möbel und Bücher über die Grenze und keine Liste? Das wird teuer.« »Aha.« »Was ist das denn wert, was da im Wagen ist?« »Fast nichts.« »Dann schauen wir uns das doch mal an, was da im Wagen ist. Und dann machen wir eine Liste, und dann wissen wir, was da im Wagen ist.« Ein Schrank, ein Tisch, ein Stuhl, ein Sofa, Bücher in ungezählten Kisten, Fahrrad, noch ein Fahrrad, riesige Aktenschränke, grün, Vitrinenschrank, etc. Und das alles einfach so über die Grenze? »Was sind denn die Bücher so wert?« »Fast nichts.« »Was ist fast nichts?« »Nicht viel.« »Und nicht viel ist fast nichts.« »Wenn Sie so wollen.« »Und haben Sie ein Auto? Müssen Sie ein Auto verzollen? Und wo haben Sie denn Ihren Herrn Transportunternehmer her?« Arptatsch liegt seit Stunden schwitzend und stinkend mit einer ausgeliehenen Asiatin in der Fahrerkabine seines über das Wasser gesetzten Transporters. Heruntergekommen. Den geniert nichts mehr. Zeigte mir beim ersten Treffen die Anzeige, die er in den Gelben Seiten geschaltet hat. Die angegebene Telefonnummer sei zwar falsch, da sei irgendwie etwas vergessen worden, er glaubt, die haben da einfach eine Zahl am Ende der Nummer vergessen, aber schön groß sei die Anzeige geworden, auffällig, nicht so wie die anderen, und ob ich die Anzeige ansprechend finde, schwärmt er mich voll, seinen feisten Wanst mit ungeschnittenen, dreckigen Fingernägeln bekratzend. Hatte er nicht gesagt, samstags über die Grenze sei kein Problem? Und fummelte er nicht dauernd mit einem Bleistift rum, den er in regelmäßigen, so schien es, Abständen einem schmierigen, einem abgenutzten, in die Gesäßtasche verfriemelten, und aus der Gesäßtasche wieder herausgeholten Papierblöckchen zuführte, eine vor kurzem erst festgehaltene Zahl zu korrigieren, in die Höhe zu schrauben, alles wird eben teurer, und das zusehends, und dann seine so genannten Arbeitskräfte, der eine kommt im feinen Zwirn mit Lederschuhen, Lederschuhe mit Ledersohlen, fein gebügeltem Hemd, und grinst, kostet so viel in der Stunde wie ein vorzeitig beendeter, dabei voll zahlbarer Puffbesuch, der Knabe, bricht auf der Treppe fast zusammen beim Bücherkartonschleppen, natürlich sind die Bücherkisten überladen, aber Bücherkisten sind immer überladen, nicht wahr, und dann dieses irgendwie debile Frauenzimmer, ein wahres Fräuleinwunder, die jeden Bügel einzeln die fünf Stockwerke hinunterträgt, dafür aber erst mal zehn Minuten verschnaufen muss, draußen, vor der Tür, und qualmen. Die Supertussi kostet dasselbe. Ganz

und gar nicht zu vergessen Trapac himself. Hält dauernd
Vorträge über die Kunst des Packens, die gerechte An-
ordnung des Umzugsgutes im Transporter, für den er ja
eine Sondergenehmigung habe genau über jene anvisierte
Grenze, samstags, kein Problem. Habe nach vier Stunden
das Gefühl, die ganzen Kartons alleine runtergeschleppt
zu haben. Ledersohle ist platt wie ein achtlos zu Boden
geglittenes Stück Papier, Tussi habe ich rausgeschmissen,
Paract leihe ich kein Ohr mehr, diesem Fetthaar und
Schmierfinken, Fieber, ganz klar, ich hab doch Fieber, die
ganze Zeit schon habe ich Fieber, was ist das denn für ein
Fieber, das ich seit Tagen habe, ein Umzugs- und Tren-
nungsfieber, das ich nicht losbekomme, das mich schüttelt
und einklemmt, seit Jahren habe ich nicht mehr ein solches
Fieber gehabt, das mich so festhält, und Tage später haben
wir dann jenseits der Grenze dermaßen heftig miteinander
gebumst, da war es endlich raus, das Fieber, rausgeschwitzt
in zehn Minuten, zwanzig Minuten, raus in Minuten, die
Tage waren. Stunden später wache ich auf, schrecke hoch,
alles nass, klatschnass, mein Oberteil, wie sagt man, da
hatte ich plötzlich wieder einen klaren Kopf, ich schwamm
im Bett, so nass, so kaltnass das Ganze, und du warst da,
und du hast mich umschlungen, geküsst, du bist bei mir,
ich schlafe jetzt. Wahrlich, ich sage euch, eines Tages wird
auch Bumsen verzollt. Kippmomente, du sprichst von
Kippmomenten. Von Aussagen, die eine so genannte auf-
geräumte Stimmung in den Abgrund stürzen lassen. Dass
dann alles fremd werde. Und im Zentrum des Fremden
stünde ich. Eine einzige Aussage lasse alles wegkippen, ein
Halbsatz. Und das Wegkippen frisst in dir, und du frisst
das für Stunden in dich hinein. Das Nagen. Das Rasen. Der

Herzschlag. Diese gelbstechende, Farben durchflutete Morgenlandschaft, der in den Feldern hockende Frühnebel. Diese schlaflose Nacht, sage ich, unsere Schnittmenge ist vielleicht nur guter Sex, was du aggressiv findest, dass ich das sage, dann liegen wir wach, die ganze Nacht, ich jage hinaus aus dem Bett, aus dem Zimmer, dass wir keinen Schlaf fänden, dass das unerträglich sei, ich nehme das Kopfkissen mit, klappe das Sofa auf, verabschiede mich bis übermorgen, finde die ganze Aktion dann nervlich ruinös, wenn du das durchziehst, schmeiß ich dich ganz raus, rufst du mir nach, wie einlenken?, ich komme ins Bett zurück, double bind, sagst du, ich entschuldige mich, für diesen Kollaps, eine Nachtleiche, diese aussaugende Prozedur, du liegst ganz dicht hinter mir, passt dahin wie Maß genommen, wie du mich so ganz abdichtest, ich kann deine Brüste spüren, dein Becken schiebt sich vor und sanft zurück, was machst du da?, deine Füße füllen ganz die Hohlform meiner Füße aus, du küsst mich zwischen die Schulterblätter, tastest mit der Zungenspitze den Haaransatz entlang, jetzt will ich mir beweisen, dass ich keine Erektion bekomme, wozu aber eine Erektion unterdrücken?, soll das etwa Stärke sein?, und dieser durch die herbstliche Morgenlandschaft rasende Zug, es ist allzeit Verspätung, mit dem Mund reagieren wir immer zu spät, wir machen den Mund auf, und sind zu spät, wir stellen einen Sachverhalt dar, und der Sachverhalt hat sich bereits ins Ungefähre verloren, »Ich weiß nicht, was du meinst«, ist das dann das Resultat eines ins Leere hechelnden Mundes, oder Bosheit?, eine nicht aufzuhaltende Erektion, die aber mit Konzentration wieder zum Verschwinden gebracht werden könnte, aufstehen, unterwegs sein müssen.

Diese deutsche Regenlandschaft. Eine heruntergekommene, eine Deutsche Bahn. Grenzenlose Verspätung. Zwei Stunden Sinnlosigkeit an Frankfurter Gleisen. Erfurt enthauptet, Weimar wie nie gewesen. »Gibst du mir noch einen Kuss?«, und warum der Kuss plötzlich so feucht ist, warum deine Zunge so zügellos in meinen Mund drängt, du reckst mir deinen Schoß entgegen, deinen warmen, geliebten Schoß. Und warum die Küsse plötzlich so ununterbrochen sind, dein Schoß so fordernd. Und du mir in die Hose langst, undsoweiter. Unsere Schöße, die füreinander gemacht sind. Ganz einfach. Gab es eine Zeit, da wir nicht zusammen waren, fragst du. Und unsere Schöße klüger sind als unser wild gewordener, fassungsloser Mund, der eine Dummheit an die andere reiht, der sich erbricht, entbindet. Unser Mund liegt zwischen uns, und wir schauen ihm zu. Fragend. Dass du seit längerem nicht mehr von Liebe sprichst, fiel mir auf, sagte ich dir. Eine fast diskrete Zurückhaltung ist deine Hinwendung. Ich habe dich also so erschreckt, drohte, zu packen und abzuhauen hier, wo ich doch nicht mal alles ausgepackt habe, seit Monaten steht das Zeugs im Keller rum, geschichtet, gestapelt, anfallsartig kündigte ich meine Flucht an, das passt nicht, sagte ich, deine Freunde passen auch nicht, nichts passt, ich passe hier nicht hin, habe ich gesagt, so erschrocken, dass du selbst schmale Abwandlungen, Andeutungen nicht über die Lippen bringst. Großheringen. Stell man sich mal vor. Güldengossa, Großpösna. Stell man sich auch mal vor. Liebe ist doch nicht das Zusammenklappen von Faltplänen. Was aber eine Posse ist, sagt der alte Däne, und die Liebe ist auch eine Posse. »Gute Nacht, und erhole dich gut«, sagst du schroff, »du stehst eine Stunde früher auf, terrorisiere mich nicht«, fügst du an. Was ist denn da passiert? Meinst du, morgen früh bumsen wir mal nicht, wolltest du das sagen? Wer bist du? Irgendwann fängt halt alles wieder von vorne an. »Da habe ich gedacht, es geht nicht mit uns«, fängst du an. »Warum hast du das gedacht?« »Als du sagtest, du wollest mal mit ihm reden, ob er uns nicht seinen Stellplatz im Hof geben könne, schließlich habe er eine Erlaubnis und könne auch auf der Straße parken.« »Und da hast du gedacht, es geht doch nicht mit uns.« »Ich dachte, es steht dir nicht zu, ihn zu fragen. Ihn so zu fragen, dachte ich, steht dir nicht zu.« »Weil du die Hausherrin bist.« »Weil er schon viel länger hier ist.« »Und wo ist das Problem?« »Das ist eine mentale Differenz, zwischen dir und mir.« »Da gibt es aber noch viel gewichtigere, fundamentalere.« »Und dann das mit dem Telefon.« »Was war denn mit dem Telefon?« »Dass du sagtest, du wüsstest eigentlich nicht, wofür du das zahlen solltest.« »Ich sagte, ich zahle das, auch wenn ich doch erstaunt bin, das Ding mit dem bloßen Betätigen einer Taste von heute auf morgen außer Gefecht gesetzt zu haben.« »All die Jahre funktionierte es tadellos.« »Und du willst sagen, dann komme ich, und nichts geht mehr.« »Plötzlich fallen die Geräte aus.« »Aha.« »Ob wir zusammenpassen …« »Wird sich noch zeigen.« »Ja.« »Und diese beiden Nichtvorkommnisse stürzen dich in tiefe Zweifel.« Neigetechnik. Kurz vor Leipzig mit jahrelanger Verspätung. Deutschland ist zu spät. Ein sich selbst überlebt habender Kasten. Tarifrunde. Helfershelfer. Reformmotor abgewürgt. Die Deutsche Bahn ist das endgültige Ende des deutschen Wirtschaftswunders. Seit Monaten haben wir die Seuche, sagt der Herr Schaffner. Kein Ankommen. Fahre ich weg von dir, fahre ich oft

24

auf dich zu. Du bist die Ferne, so nah du auch sein magst. In der Nähe die Ferne, die Fremde. Zu leben ist nur eine komplexere Art, tot zu sein, heißt es in der Kunst. Ist das das »Prinzip Grausamkeit«? Ein resistentes Misstrauen habe ich gepflanzt. Und du bist fern, und fern bist du, wenn ich in dir bin. Und Nähe ist nur in der Ferne. Ist das so? Ist da nicht auch eine umhüllende Vertrautheit, ein Aufgehobensein, ein Schulteranlehnen, Ausheulen, Loswerden? Ausstellungsgelände Natur. Fleckenlandschaft, erstarrte Farbe. Häuserfronten. Tauchen auf. Tauchen ab. Ist hier kein Krieg gewesen? Ein Stillhalten, daran der Blick sich heftet, ein Ablenken, Kinderspaziergang an Vaters Hand, der Himmel ist ein Farbenmeer, ein Baum. Alle Bäume ein einziger, ein Kuppelbaum, der umhüllt. Der einfasst. Und soll man seine Zunge hüten? Die manchmal so lose ist, so stolpernd. Die blindlings hinausfällt. Wie oft sage ich mir: Zurückhaltung, Mundhalten, das Maß aller Dinge. Dass man sich aber traut, zu sagen, was man eh schon denkt. Und während man das ausspricht, fühlt man sich denken, dass alle dies denken, was man soeben ausspricht. Und trotzdem Betretenheit. Es fehlt die Sprache. Ein akut erkrankter Familienfall, zum Beispiel. Eine verengte Halsschlagader. Prozentuale Hoffnung. Das Schlimmste, was man haben kann. Der von jedem gedachte Schlaganfall, der droht, der aber auch bei einer operativen Entfernung der Ablagerungen droht, der von einem Einzigen ausgesprochen wird, ein Einziger spricht aus, was alle denken, »Schlaganfall«, noch nie gehört, dieses Wort, was soll das sein?, so schaut man drein, aussprechen überflüssig. Dabei ist diesem verlöschenden Leben vielleicht gerade das Leben geschenkt worden, indem man da hinzeigen

kann, und das Übel benennen, man kann »Schlaganfall«
aussprechen als eine abzuwendende Drohung, später hätte
man »Schlaganfall« nur aussprechen können als ein Fazit,
ein Zuendegegangen. Da hat einer also sein Leben lang auf
diesen Moment hingeraucht, hat also sein Leben lang
rauchend an der Möglichkeit der Selbstauflösung gear-
beitet, droht also von einem Tag auf den anderen in die
Luft zu stieben wie Rauch, steht also kurz davor, selbst
Zigarette zu werden, Zigarre, und das Innere dieses
Menschen ist mittlerweile eine einzige fortschreitende
Ablagerung, und ein Einziger sagt »Schlaganfall«, während
alle anderen dies denken, aber nicht sagen, und dann so
ungläubig davor stehen, vor diesem Wort, das ja eine
Unerhörtheit ist, eine Blamage, eine Zumutung, Unver-
schämtheit demjenigen gegenüber, dem jetzt, aber auch
nach der angestrebten, schließlich erfolgreich verlaufenen
Reinigung der Halsschlagader, die zu diesem Zweck geöffnet werden muss, ein Schlaganfall droht. Aber niemand
sagt es. Aber nur einer sagt es. Und der ist schuld. Und das
ist eine Aufgewühltheit, die du mitteilst, ich höre dich
schwimmen, du schwimmst durch die Familiengeschichte,
durchs trübe Wasser der Familiengeschichte schwimmst
du, und du kannst dir nicht sicher sein, ob du das Wasser
schwimmend erst aufwühlst, ob du vielleicht gar nicht
schwimmen solltest, aber ich kann doch nicht untergehen
wollen, sagst du, fernmündlich. Die Familie scheint im
eigenen Gewässer still zu stehen, und nirgends ist Grund zu
sehen, niemand sieht den Boden, auf dem er nicht steht,
das Spiegelbild ist der Boden, und dann kommst du, und
wühlst das Familienwasser auf, indem du einfach nur das
sagst, was eh alle denken, indem du einfach nur »Schlag-

26

anfall« sagst. Kaum scheint man das Familiengewässer durchschwommen zu haben, hat es an Ausdehnung schon zugenommen, ist doppelt so breit, doppelt so tief geworden, und dir geht langsam die Puste aus, da hat es sich einfach verdoppelt, diese an Gestank, so scheint es, nicht zu überbietende, diese auslaufende Fruchtblase. Die Deutsche Bahn, erzähle ich, während ich mit dir durch deine Familiengeschichte schwimme, ist eine raubtierartige Diebin im Stillstand, sie raubt dir am Bahnsteig weggestandene Lebenszeit, sie verkürzt dein Leben, indem sie durch abbröckelnde Fundamente, allerorten stattfindende Schlaganfälle deine Zeit verliert, macht sie dich kleiner, indem ihre Verspätung kein Ende nimmt, kein Ufer in Sicht, sage ich, kein Grund, kein Boden. Habe ich gestern so viel Alkohol getrunken, dass der Abstand zwischen mir und einer Gedächtnislücke die Dimension des Bodensees annahm, lässt mich der heutige Kaffeekonsum am Bahnsteig Züge einfahren sehen, von denen noch niemand gehört hat. Deutschland ist eine Betriebsstörung. Ein Bröckelzustand. Eine Pleite. Es ist kein Fortkommen aus Deutschland, weil jede Teilstrecke dein Leben verkürzt, jeder Aufenthalt bedeutet Verspätung, wo der Zug auch immer hält, bleibt er liegen, du sitzt in einem Zug der so genannten Deutschen Bahn, diesem Sinnbild deutscher Betriebsstörung, und flehst Zauberkräfte herbei, dass er nicht hält, wenn er fährt, flehst du herbei, dass er gar nicht mehr hält, flehst du herbei, bis du an Ort und Stelle bist, wenn er doch bloß einmal fahren würde, er kommt aber gar nicht erst in Sicht. Hält aber dieser bald schon auseinanderbrechende Zug tatsächlich an, und sei es auch planmäßig, wenn auch selbstverständlich nicht pünktlich und schon gar nicht

zeitgemäß, beginnt für kühle Rechner das Aufaddieren ver-
späteter, nicht mehr einzuholender Zeit als Verkürzung
von Lebenszeit, und die Deutsche Bahn, sage ich in Mannheim laut und deutlich, sollte jemanden einstellen, gut
bezahlt, dem man dafür in die Fresse hauen darf, sage ich.
Lese ich in Leipzig in einer Telefonzelle das schmucke Wort
»Akkordglück«, so klingt die bloße Andeutung des Wortes
»Anschlusszug« schon wie Körperverletzung, und in Berlin
geht dann gar nichts mehr. Seit Jahren nirgends aufzufin-
dender, nirgends statthabender, stets aber lautstark ange-
kündigter Ersatz des Schienenersatzverkehres. Vom ICE
sanftes Herabstufen auf den Bus, der nicht fährt, fehlt also
die unmerklich, aber dringend notwendige Wiederein-
führung der Droschke. »Abgangsverspätung« hinwieder-
um ist keine hohldeutsche Umschreibung einer spezifi-
schen Spritztechnik, sondern dänische Höflichkeit. Für
dasselbe immerwährende Phänomen: Alles ist später und
»überhaupt«, wie der alte Däne sagt; alles ist später, nur der
Tod ist nicht später. Der Tod ist das einzige Zeitlose dieser
Erdenveranstaltung. »Ist da noch frei?« »Nein!«
   Ich schweife ab. Mit dieser Abschweifung vertreibe ich
mir die Zeit. Der Blinde, der am Bahnsteig steht mit seinem
weißen Stock, alle Züge stillgelegt, alles festgefroren, eine
herniedergekommene Deutschlanderstarrung, der Blinde,
der in alle Richtungen schaut, der um sich schaut, als
könne er sehen, der, um besser zu hören, um sich schaut,
der sehend gewordene Blinde, der sehend nicht zurecht-
kommt in der Welt des Ersichtlichen, der mit vollen Augen
das Blindsein zurücklebt, aus den Jahren der Blindheit ans
Licht geführt, das Licht nicht erträgt, der, plötzlich sehend,
seine vertraute Welt verloren hat, der Blinde mit seinem

28

weißen Stock steht deutlich vor dem Abteilfenster, hinter
dem ich sitze, hinter dem ich nicht fortkomme, hinter
diesem Abteilfenster sitze ich, davor der in alle Richtungen
schauende Blinde steht, den ich nicht aus den Augen verliere, der so unruhig ist, der plötzlich zu tanzen scheint,
von einem Bein steppt er aufs andere, Bodenhaftung ist
angesagt, die ganze Bodenhaftung ist abhanden gekommen, und die alte Frau mir gegenüber, die einen weißen
Schal um die Schultern trägt, weiß wie Schnee, die mich
anlächelt, die alte Frau, die ihr Lächeln jünger macht, und
das Lächeln dieser nun gar nicht mehr so alten Frau sagt,
»so ist das«, so blind kann dieser Blinde gar nicht sein wie
dieses marode gefahrene, geliebte Deutschland, und die
lächelnde Frau mit dem weißen Stock im Lächeln, der
Schnee, der bald kommt, die glitzernde Wellung der Landschaft, die lautlose Spur der Gejagten, die tiefe Sonne im
Horizont, Zeit, sichtbar gemachter Atem, und wir laufen
aufeinander zu, haben uns bald, umschließen uns, die
Wiederholung, alter Däne, nicht wahr, ist ein unzerschleiß-
bares Kleid, »das weder drückt noch schlottert«, die Erinnerung ist ein abgelegtes Kleidungsstück, die Liebe in
der Erinnerung die einzig glückliche, die Erinnerung selbst
ist das Unglückliche, »die Liebe der Wiederholung ist in
Wahrheit die einzige glückliche«, keine Unruhe der Hoffnung, nicht wahr, »nicht die beängstigende Abenteuerlich-
keit der Entdeckung«, keine Wehmut der Erinnerung, Se-
ligkeit des Augenblicks, habe ich dich nicht schon tausend-
mal umarmt, bist du die Umarmte?, einander umarmen
und küssen heißt ja nicht erkennen, ineinandergerastes
Nichterkennen, etwas im anderen wiedererkennen ist
schon das Missverständnis, der Platzhalter, »mir ist, als

kenne ich dich schon hundert Jahre« ist bereits das Ende, »mir ist, als kenne ich dich schon hundert Jahre«, sagt der Dreidutzendjährige, voranlaufendes, nie einzuholendes geriatrisches Bewusstsein, Auslöschung des Gegenübers, da sind sie also jetzt, der Blinde, die Alte, da stehen sie hier, und wohin das führen soll, und das Gras wird welken wie Gras, dein Atem, und die Erinnerung wird welken wie Gras welkt die Erinnerung.

Telefonterror, sagst du. Das vormals schöne Gespräch, das so genannte Sehnsuchtsgespräch, ist zur hässlichen Fratze geworden. Ein von Argwohn zerfressenes Vertrauen. Kurznachrichten und Gesprächsterror. Du bist von schütterer Zartheit, du bist ein kläffendes Raubtier. Du rufst an, du rufst nicht an. Du rufst nicht an, auch wenn du sagst, du rufst an. Du rufst dann eben viel später an. Rufst du viel später an, liegen schon die Nerven blank. Du rufst nicht an, antwortest nicht. Ich gehe die Decke hoch, wie man so sagt, halte das nicht aus, melde mich nochmals, eine kurze Nachricht an dich, keine Reaktion, dann platzt mir der Kragen, wie man so zu sagen pflegt, ich rufe dich an, kann für Sekunden den Anschein erwecken, dich mal einfach nur so anzurufen, dabei ist es bereits im Argen, ich habe bereits völlig die Geduld verloren, du fühltest dich kontrolliert, erwiderst du, ach ne, jetzt reichts aber, schrei ich dich an, kann dich insgeheim auch verstehen, diese Gesprächskultur ist entsetzlich, schürt Misstrauen, frisst den Magen leer. Du in Berlin. Zum Beispiel. Auf meine kurze Nachricht, ich sei um dreiundzwanzig Uhr zu Hause, ob du mir eine Nummer geben könntest, unter der du erreichbar bist, antwortest du nicht. Ich rufe dich um zweiundzwanzig Uhr und neunundfünfzig Minuten an. Mobil. Minutiöser geht's

nicht. Du gibst mir eine Nummer. Ich rufe nochmals
an. »Warum hast du die kurze Nachricht denn nicht er-
widert?« »Ich bin hier erst mal angekommen, bei Freunden. Wir unterhalten uns. Ich hätte dich halt um dreiundzwanzig Uhr angerufen.« »Warum hast du mir nicht kurz
mitteilen können, dass du mich um dreiundzwanzig Uhr
angerufen hättest?« »Weil ich dich um dreiundzwanzig Uhr
angerufen hätte.« »Ich hatte dich doch um eine Nummer
gebeten, unter der ich dich erreichen könnte.« »Ich musste
hier erst mal ankommen.« »Und du hättest mir nicht einfach nur die Nummer mitteilen können, nach der ich dich
in der SMS um einundzwanzig Uhr gefragt habe?« »Ich
hätte dich um dreiundzwanzig Uhr angerufen.« »Ich hatte
dir doch mitgeteilt, um dreiundzwanzig Uhr zu Hause zu
sein.« »Um dreiundzwanzig Uhr hätte ich dich angerufen.«
Und dann die Frage, ob ich eigentlich total besoffen sei. Ich
war total besoffen. Hätte das zuzugeben die Szene vielleicht
entzerrt, statt »nein« zu sagen? Kein Einlenken. Was mit
dem Griff zum Hörer schleichend schon anwesend war,
dieser Anwurf, das besoffene Rasen, brach sich jetzt Bahn.
Um den Starken zu spielen, drohte ich mit dem Kom-
plettabbruch. Kein Gespräch, kein Kontakt in den Tagen
deiner Abwesenheit, drohte ich, dies sofort bereuend. Jetzt
fehlt noch das wütende, das unmissverständliche Auflegen,
ach richtig, jetzt sollte ich auflegen, sagst du mir noch was,
stünde das zu erwarten, nach dieser Entgleisung, diesem
Totalschaden, was sage ich dir da noch, der Mund ist lose,
der Mund ist ein Arschloch, Leitung tot, ach richtig, ich
habe ja aufgelegt. Und jetzt? Jetzt werfe ich das Telefon
gegen die Wand, und alles springt in kleine Stücke. Und
jetzt? Jetzt nehme ich den zweiten Apparat und rufe dich

wieder an. Der Ruf geht durch, niemand hebt ab. Mobil.
»Was gibt's?«, fragst du. Habe ich da noch irgendetwas
Zusammenhängendes gesagt? Wohl kaum. Rettungsloser
Fehltritt. Unsere ganze Liebe ein nicht mehr löschbares
Missverständnis? Trudeln, Absturz. Wir kommen ins Gespräch, das kein Gespräch mehr ist. Das aber so schnell
wie möglich beendet werden sollte. Das jetzt beendet wird.
Auch den zweiten Apparat haue ich gegen die Wand.
Eigentlich könnte ich sofort alles aus dem Fenster schmeißen, mich hinterher. Habe ich irgendwo geschlafen? Auf
dem Sofa? Habe ich den Verstand verloren? Und du? Hast
dich erst mal zurückgezogen. Hast sicher an meinem Verstand gezweifelt. Hast genau das bestätigt gesehen, was du
befürchtest. Kontrolle. Nichts liegt mir ferner. Doch plötzlich ist dieses Wort hineingewachsen in unsere Stimmen
wie ein Geschwür. Und oft ist Alkohol im Spiel, so sagt
man doch, der den Anstand außer Kontrolle geraten lässt.
Enthemmung. Phantasie. Und die fliehende Landschaft.
Ende Oktober. Wo bist du, goldener Herbst. Hast du die
Farben verloren? Woher das mangelnde Vertrauen in dich?
Was an dir macht mich denn so kirre? Wenn der Schnee
liegt, wenn der Schnee schwer auf den Bäumen liegt, hat
sich dann das Blatt gewendet? Im Frühjahr säen, im Herbst,
da ernten wir, hast du gesagt. Und was wir ernten werden,
hast du nicht gesagt. Es ist diese Geschichte mit Mutter,
die ich dir erzählte, die wieder hochgekommen ist mit
dir, ich wache auf, jage hoch aus einem Traum, liege
aus nicht mehr erinnerbaren, nicht mehr überprüfbaren
Gründen in Vaters Bett, allein, habe im Traum geschwitzt,
der Schlafanzug nasskalt am Leib, eine Art Schüttelfrost,
der muss runter vom Leib, bin ich denn gar nicht mehr

müde?, ich steige aus dem Bett, taste die Wand entlang nach dem Lichtschalter, der nicht da ist, der nicht gefunden werden will, drehe mich im Raum, stoße ans Bett, an den Nachtkasten, die Kommode mit Vaters Krawatten drin, der große Kleiderschrank, weiß nach einigen Drehungen nicht mehr, wo genau im Raum ich mich befinde, ich habe den Überblick verloren, ich habe mein Leben verloren, alles ist in Dunkelheit versunken, ich sehe das Innere meines Schädels, versuche, mich auf den Boden zu setzen, auf diesen grauen Auslegeteppich, Bodenhaftung ist jetzt gefragt, langsames Vorantasten wie ein Kleinkind, das ich nicht mehr bin, ich erkenne einige Dinge wieder, so lässt sich also etwas wiederfinden, so kann man weitermachen, ich stoße mit dem Kopf gegen eine Tür, die sich aber nicht öffnen lässt, ob ich denn noch träume?, ob ich vielleicht noch im Bett liege, und mir träumt, ich läge auf dem Boden, ich sei wieder ein Kleinkind, warum aber lässt sich diese Tür nicht öffnen, das ist doch wie im Traum, eine klinkenlose Tür, nirgends eine Klinke, das gibt's doch nicht, eine in die Wand eingelassene Tür ohne Klinke, oder die Vorstellung, mit den Fingern in den Türspalt geraten zu sein, und dann verliert diese Tür die Klinke, der Spalt schließt sich fast, die Finger verbleiben im Spalt, können nicht mehr rausgezogen werden, es ist dunkel, alles ist ins Dunkel getaucht, Konturen sind nur Lichtreflexe der in die äußersten Winkel verdrehten Augen, ein Aufblitzen, kurzes Zucken, der viel zu kurze Arm schmerzt, droht langsam, aus der Schulter gezerrt zu werden, so hockst du also auf dem Boden, den deine Beine kaum berühren. Verwundert stelle ich fest, mich bewegen, über den Boden kriechen zu können, was keineswegs beruhigend ist. Ich krieche, finde

aber keinen Ausgang, im Kopf stecken die Finger im Spalt.
Ein griechisch rasendes Herz. Die Wände hochgehen, diese Wendung begreife ich jetzt, ins Bett zurück? Ausgeschlossen, nie mehr wollte ich in dieses Bett zurück: Und dann – aus dem Liegen in die Hocke gebückt, aufrecht, ein Aufstand gegen das Fassungslose, ein gesammelter Mut – schließe ich die Tür des Schlafzimmers hinter mir, den schmalen Flur auf dem grauen Teppich entlang, an der schönen Holztruhe vorbei, darin in meinen Träumen die Hexe wohnt, eine weitere Tür, jetzt stehe ich schon auf dieser Art Vorzimmerflur der ersten Etage, der in die Zimmer und zum Speicher führt, stockduster alles, stocktaub und von stillgelegtem Geruch, mit nackten Füßen gehe ich die Steinstufen hinab, Parterre, alles dunkel, dem Erdboden gleich, wie von fremder Hand gezogen streife ich durch die Räume, die Zimmer, die alle verlassen sind, Rollläden runter, kalter Rauch, abgestanden, die Zimmer akkurat aufgeräumt, ausgestorben, der metallene Pendelschlag der großen alten Uhr, die immer aufgezogen wird mit einer Kurbel, einer Bronzekurbel, die ganze Uhr aus Bronze, aus Messingbronze, eine Unentschiedenheit, und zwei Messinggewichte gleiten nach oben gegen den Kasten, den hölzernen Kasten, jede volle Stunde schlägt die Uhr, zwölf Uhr zwölf Schläge, die Uhr hat zwölf geschlagen, die Leute hören, alles ausgestorben hier, längst verlassen, als hätte man mich einfach vergessen, liegen gelassen, hier wird keiner mehr einkehren, hierhin kommt niemand mehr zurück, das ist gelebte Verlassenheit, die Stuben trocken und kalt, das war noch der Geruch der fünfziger Jahre, denke ich jetzt, und, lieber Constantin, alter Däne, dass ich hängen bleiben sollte in einer Liebesgeschichte,

bei dieser Gelegenheit, hätte ich niemals erwartet. Doch
das Dasein ist schlau, meinst du das, was mich fange, sei gar
nicht die Liebenswürdigkeit der Frau, sondern die Reue
darüber, dass ich ihr Unrecht tat, indem ich ihr, indem ich
dein Leben störe, Liebe. Ist diese Liebe denn undurch-
führbar? Ist es ein Verlassen aus Verlassenheit? Alles leer in
diesem Haus, niemand, der auf mein Rufen eine Antwort
weiß, niemand antwortet. Seitdem also ziemlich reizbar
und trotz und auf Grund meiner Reizbarkeit in ständigem
Widerspruch mit mir selbst? In allen Zimmern begegne ich
allein dem Schreckgespenst, mir selbst. Die Gegenstände,
die Dinge, die Gegenstände, die vormals Dinge waren,
sie selbst, scheinen alle aus dem selben Stoff zu sein, die
Pflanzen auf den Fensterbänken, die Gardinen, das Geschirr in den Schränken; der große Holztisch und die samt-
gepolsterten Stühle, alles dieselbe amorphe Masse, derselbe
Blick, dasselbe fahle Licht, ein mich seitdem verfolgender
Braunton, ein bräunliches, mattes Licht, ein Schein, der das
Traurige schon ist, die Angst, die Räume durchstreift, und
wenn das alles fertig ist, hier, ist unsere Liebe fertig, und
nochmals durch die dahingestellten Zimmer, es müsste
immer tiefer gehen, die Treppe kann jetzt nicht mehr nach
oben führen, was aber, wenn der tiefste Keller erreicht ist?,
ob dann das Kreislaufen beginnt, das ja auch kein Leben
ist, ob dann ein Tunnel gegraben wird, ein Loch ohne Ende,
eine Versenkung, Rekordtiefe, ist man aber erst mal im
Keller, hat man genügend Abstand genommen, zu diesem Dilemma, das alle Räume besetzt, das enger macht
und dir den Atem nimmt, im Keller aber, da ist es kühl, da
muss ich mir nicht Gewalt antun, um nicht den ganzen Tag
an ihr zu hängen, an dir, und doch bin ich im ersten

Augenblick ein alter Mann geworden, als ich das Haus so verlassen und trocken sah, und es kann von einem Du keine Rede gewesen sein, es war verlassen ohne dich, das Haus, und doch war schon alles da, im Hinblick auf das ganze Verhältnis, das Astwerk, der kahle Baum im Herbstlicht, die gedrückten Felder, die verlöschende Sonne. Ein See, darin der Schatten fällt. Ein Missverständnis muss da zugrunde liegen. Ein Untergang. »Wer so schlafen könnte! Wer so leicht schlafen könnte, daß der Schlaf selbst keine schwerere Bürde würde als die des Tages!« Andererseits, aufgewacht, bei Sinnen, dass die Sinne selbst so schwer sind, die Augenlider, im Hinblick auf das ganze Verhältnis. Das Astwerk, der kahle Baum im Herbstlicht, die gedrückten Felder, die verlöschende Sonne. Ein See, in den der Schatten fällt, der Schlaf, und du im Schlaf, ein See.

Das permanent von den Schaffnern der Deutschen Bahn betriebene Abknipsen der Fahrscheine, dieses Datumbestempeln des Papiers, ist da nicht eine eigenartige Wollust am Werk, Personalwechsel, ist das nicht lächerlich, dieses Blauanzügige, dieser bröckelnde Bahnhumor, diese Fahrkartenzangengeburten, dieser Schaffnerfrohsinn beim Abknipsen, dieses strahlende Gesicht, wenn genau in dem Moment des Fahrkartenentwertens der Traumberufswunsch in Erfüllung geht, und manchmal, wie im Wilden Westen, ist auch ein Durchlocher am Werk, ein Sterncheneinschlager, Kreisentferner, intoniert von einer die Lage beständig wechselnden, an Komma und Punkt stets ins Gebirge steigenden Stimme, die sich schon selber nicht mehr zuhört, die einfach angeschaltet wird, dass man aufstehen möchte, sich zu vergessen, ja, diese Wollust, die hat vom Baum der Erkenntnis gekostet, Verwertungsgesellschaft, Kreislaufproduktion, Systematisierung der Selbsterfindung, und sie kann sagen, ich bin dabei gewesen.

Es ist ein dauerndes Kofferschleppen. Dauernd schleppe ich einen Koffer herum, ziehe einen Koffer hinter mir her, in die Züge rein, aus den Zügen raus, Treppen hinunter, Treppen hinauf, seit Wochen ein und derselbe Koffer mit ein und derselben Wäsche drin, die mich nach Wochen dann so langweilt, dass ich neue kaufe, und wer das zahlen soll, es müsste eine Stiftung gegen langweilige Wäsche geben, die für solche Fälle aufkommt, Treppe runter, Treppe rauf, ein pausenloses Unterwegssein, ein nie Ankommen, und was mich so umher-, so herumtreibt, nehme ich mir vor, Termine zu streichen, abzusagen, alles abzusagen, sind es Wochen später doppelt so viele Termine, Wahrnehmungen, sitze in Zügen, und meine, immer dieselben Menschen zu sehen, in jedem Zug sitzen dieselben Gesichter, es sind immer dieselben, die da sitzen, und alle haben dieses Deutschebahngesicht, machen diesen genötigten, völlig sinnlosen Deutschebahnschlaf, der zu nichts führt, der nur noch kaputter macht, dieses im Gusssessel Sitzen, den Kopf in eine Traumnische des deutschen Hirnpolsters geklemmt, der deutsche Bahnschlaf, der einen noch sinnloseren Schlaf mit sich bringt, nach sich zieht, zur Folge hat, hinter sich her zieht, ich bin jetzt eine Woche lang jeden Tag stundenlang Deutsche Bahn gefahren, ich muss jetzt eine Schlaftherapie machen, eine desorganisierte Deutsche Bahn verursacht desorganisierten Schlaf, es ist ein Einheitsgesicht in allen Gesichtern, die Toilette ist frei, ich trete ein, erblicke genau dieses Gesicht im Spiegel, das ich bin, entschuldige mich für diese Störung, trete wieder hinaus, vermeide fortan, einen Zusammenhang zwischen diesem Ziehen da im unteren Bereich, im Unterleib, und Harndrang aufkommen zu lassen, eine Beziehung zwischen unten und raus müssen, gehe an meinen Platz zurück, »meinen« Platz, nicht wahr – und denke an dich. Hinausgetrieben aus der Stadt hat es mich, haben wir mich, Berlinaufenthalt als Zurruhekommenanstrengung, bin dann tatsächlich auch zur Ruhe gekommen, in Weißensee immer um den Weißensee herumgelaufen, bis die Puste aus war, eine ganze Heerschar von Rechenengeln kehrte das Laub zusammen, die Währung des Herbstes, den zu Boden gegangenen Schmuck, rings um den See verteilte Engel, die Kahlheit der Bäume, das in Tüten gefüllte, das abgefüllte Laub, man kann den Atem der Engel sehen, der dampfende Weißensee, der dampfatmende Weißensee, dann hielten sie inne, ganz um den See verteilt, quatschen und rauchen, ein Mann sitzt auf einer Bank am See und liest, ein Mann sitzt auf einer Bank am See und säuft, ein altes Paar am See auf einer Bank, die Augen fliehen über den See, regungslos, alteingesessenes Hocken, da stirbt dann einer von weg, und der andere merkt es vielleicht, wenn er auf dieser Bank sitzt wie alle Tage, und dass er allein da sitzt, und dass der neben ihm fehlt, aber ihm vielleicht gar nicht. Und Valsher, der aus Sagis stammt, in einem Gulag geboren, der eine schöne Wohnung hat in Weißensee, erzählt von einem Lehrer, so sprunghaft ist das Fahren, das Bleiben und Weggehen, »ich bin in einer proletarischen Familie aufgewachsen«, habe dieser Lehrer eines Tages bekundet. »Im Schlafzimmer meiner Eltern«, so der Lehrer, »waren nur zwei Bücher: Solschenizyns ›Archipel Gulag‹ und Hitlers ›Mein Kampf‹.« Der Lagerplan des Gulags hängt in seinem Zimmer, vom Bruder aus

38

der Erinnerung heraus rekonstruiert, aufs Papier gezeichnet, Sagisgulag, Geburtshütte mit einem roten Zeichen markiert. Wenn ich nicht weiß, wo ich hingehöre, betrachte ich diesen Plan, sagt Valsher, dann weiß ich wenigstens, wo ich herkomme, sagt Valsher, am Küchentisch seine Handzeichnungen machend, seine Zeichen erfindend.

Später dann gemeinsam in eine Eckkneipe saufen gegangen. Die Frauen reden den Männern immer gut zu, an jedem handelsüblichen Stammtisch ist zu beobachten, wie Frauen mit Stammtischpsychologie aus Kunigunde oder Bunte total besoffenen, in ihrem Stolz aufs Tödlichste verletzten Männern gut zureden, die auch zuhören, die schon dazu übergegangen sind, differenzierte Waffentechniken zu erklären, und schließlich fallen den Frauen doch die Zähne aus, die sie den Männern ziehen wollten. Einer will seine Geliebte nicht mehr, sagt er, ich kann doch nicht andauernd die Frauen verlassen, fügt er an, sie aber kann ihren Mann nicht verlassen, kommt dann her zum Vögeln, ihr Mann begehre sie nicht mehr, ihn liebe sie, ohne mit ihm zu vögeln, sage sie, und wer das glauben solle, fragt er, sie gehe ihm langsam auf den Wecker, käme hereinspaziert hier in diese Wohnung, stürme auf ihn ein mit Kulturfragen, was denn da los sei, was denn hier los sei, wittere dauernd das Wichtige und Wichtigste, Kultursabberei, er könne mit diesen Kulturhighlights überhaupt nichts anfangen, Heiliger, denke ich, weltweit sind alle Ehen ruiniert, alle so genannten Partnerschaften mindestens gestört, »Vögeln«, von mittelhochdeutsch »vogen«, blättere ich nach, fegen. Ein guter Feger? »Vëgen«, reinigen, putzen. Die Nase vëgen? Und die Alternative? »Fagolan«, Vögel fangen, so etwa wie ›Pfeife reinigen‹. Fagolan, du lie-

39

ber Fagolan. »Sag den Frauen, wir gehen«, fällt mir ein, alles Konfuzius, zitiert, durchlebt, herbeigebetet. Absturz.

Und das Namensschild, hast du das schon festgestellt, der von dir mühsam angebrachte, aufgeklebte Papierstreifen, der über dem alten Namen klebte, ist abgefallen, zu Boden gegangen, mein Name ist wieder heruntergefallen, hast du das schon bemerkt, mein heruntergefallener Name macht wieder den alten Namen sichtbar an der Haustür unten, und dann ist dieser alte Name wieder auferstanden, wieder hochgekommen in dir, dieser Freund, der drei Jahre lang fast verschwunden war, der aber genau diese drei Jahre lang noch einen Schrank in deinem Keller stehen hatte, du hast ihn dann angerufen und ihm sozusagen befohlen, den Schrank abzuholen, da seist du wohl stärker als tatsächlich gewesen, er kam, holte den Schrank, Merkwürdigkeiten, dieser Freund, der drei Jahre lang fast verschwunden war, plötzlich wieder da, mein heruntergefallener Name hat ihn wieder sichtbar gemacht, dieser nicht hinreichend aufgeklebte Papierstreifen, der sich über Wochen langsam wieder abgelöst hat, und ob ich mit dem Verschwinden des Namens auch verschwinde, ob der Nebel sich von den Feldern hebt, und wir gingen Hand in Hand, und wir gingen Hand in Hand über die Wiese hinterm Haus, und ob die Wolken auf eine Reise gehen, die Vogelschar, die seit Kindertagen folgt, ein Name, der fällt, und die gelb gesäumten Weinstöcke in Würzburg, eine Frau betritt das Abteil, unschlüssig, ob sie sich auf den erstbesten, den sofort vorhandenen, nächsten Platz setzen solle, ein viel zu schwerer Koffer, den sie da schleppt, geh weiter, denke ich, geh weiter, setz dich nicht neben mich, geh weiter, bleib da nicht stehen, die gelb gesäumten Weinstöcke, ein schönes altes Haus ganz aus Stein, auf der Anhöhe eine Burg, die Stadt im Tal, ein Tunnel, ein momentaner Ausblick, geh weiter, bleib da nicht stehen, ein zweiter, ein langer Tunnel, die Stadt nun zweigeteilt nach rechts, nach links, und Sonne bricht hervor, kofferziehende, sich durch die Gänge robbende Reisemenschen, die Frau ist weg mit ihrem viel zu schweren Koffer, ein heruntergefallener Name, und ob ich auch verschwinde, ob ich dabei bin zu verschwinden, blätterloser, lichtdurchfluteter Laubwald, Tunnel, von oben einsickerndes Licht, »ich fühle mich unbewohnt«, und ob das eine gute Zeile ist, »in mir sind alle Zimmer frei«, und ob das eine gute Zeile ist, die einer da singt, steht also wieder auf in dir, die alte, die seit Jahren von dir verloren geglaubte Liebe, und was du damit machen sollst, fragst du mich, was soll ich jetzt damit anfangen, dass er wieder groß geworden ist, dass du ihn wieder groß gemacht hast in mir, und dass du nicht da bist, da habe ich ihn halt getroffen, und dass er verliebt sei, sagt er mir dann ausgerechnet; dass du Jahre brauchtest, um jetzt vielleicht zu wissen, was ihm gefehlt hat mit dir, dass ihm diese Nähe gefehlt hat, acht Jahre zusammen, nicht zu mir gestanden letztlich, sagst du, Abwendung in aller Öffentlichkeit, das hat es gegeben, ein Distanzproblem, zwischen mir und meiner Frau war immer Nähe, sage ich nicht, »wir haben ins Leere geliebt«, und ob das eine gute Zeile ist, die jemand da singt, »ich weiß nicht, wo ich hingehör« ist eine bittere Erfahrung, ein schlechter Satz, ein Allgemeines, darauf jeder seinen Arsch setzt, eine bittere Erfahrung, ein schlechter Satz. Fulda. Ja. Fulda. Tunnel, weg. »Dreh dein Kreuz in den Sturm.« Gut, Sänger, mach ich. Und warum nicht mal die Tränen kommen lassen, dahin, wo sie hingehören, wo sie nach draußen gehören, während der Bundesbahnkaffee den Magen zersetzt, mein Lieber, wenn keiner in der Nähe ist, »was heißt hier siegen«, nicht wahr, »überleben ist alles«, ein Dichterwort, »momentan ist richtig«, eine gute Verknappung, und warum nicht mal die Tränen kommen lassen, ein Name, der fällt, ein Ort, der kommt, der geht, aufgebaut, ausgelöscht, dass man nie weiß, wann ein Gefühl ein Kinozitat ist, ein geliehener Frack, eine Zivilisationskrankheit, und dann jene passende Zweiwortigkeit, so drangehängt, im Beilauf, »du fehlst«, und warum nicht mal die Tränen. Es ist einer der Vorteile, mit dem Zug zu reisen, dass man diese Stimmung, dieses Hintergrundgefühl, diese alles zudeckende, warm haltende, kalt machende Eingestimmtheit, die man überall hin mitnimmt, die stets präsent ist, die lauert, die Freundschaften zerstört und Unrecht tut, die wir zuweilen mit uns verwechseln, die uns abwesend macht, wir sitzen an einem Tisch und essen, und plötzlich bin ich weggetreten, abgestürzt, nicht mehr anwesend, sitze aber mit den anderen, mit uns, am Tisch, werde angesprochen, verstehe nicht, gerade will ich noch »ich kippe«, »ich versinke« sagen, schon stockt der Mund, lässt nichts raus, etwas wie Starre bemächtigt sich meines Gesichts, kommt so von außen, von ferne ganz dicht an mich ran, deutlich verformte Gesichtspartien, jeder kann diese Verformung deutlich sehen, mich gibt es ja gar nicht, das ist ja ein geradezu peinliches Missverständnis, davon auszugehen, dass es mich gibt, lass dir bloß nichts einreden, redest du dir ein, lass dir bloß nicht einreden, dass es dich geben könnte, der ich bin, es ist also einer der Vorteile, mit dem Zug zu reisen, dass man diese Eingestimmtheit, diese als aufgezwungen gedachte, tatsächlich aber sozusagen von innen kommende Grundstimmung, die alles mit sich reißt, durchs Land schicken kann, mit den Augen, aus den Augen raus ins Land hängen kann, verdünnen kann, mit jedem Blick kann sie mehr entweichen, und gleichzeitig macht man sie so haltbarer, über Land sammelt sie sich, sammelt sich ein, so läuft das doch, wenn der Grundriss weg ist, so läuft das doch, dass dann eine Unbehausung, ein Fehlamplatz, erst noch die immerfort einsturzgefährdete Fassade, nicht wahr, dieses deutschliche Wort, die dann endlich einbricht, du gehst mit deiner Frau spazieren, machst an der Elbe mit deiner Frau einen jener jahrelangen Spaziergänge, die immer selbstverständlicher wurden, unten, am Fluss, den großen, gebrochenen Sand- und Felssteinen entlang, die den Weg machen, einen Spaziergang machen vom hölzernen Elbsteg zum Containerhafen, und zurück, oder weiter, du gehst also mit deiner Frau spazieren, am sechzehnten März zweitausendzwei, nicht kalt, nicht warm, kommst du nicht umhin, deiner Frau zu sagen, »ich gehe weg«, sagst du deiner Frau, »ich werde alles packen, und weggehen«, sagst du deiner Frau, die es nicht fassen mag, und dass es eine Krise ist, »es ist eine Krise in mir«, sagst du deiner Frau, nach sieben Jahren Ehe packst du deine Sachen, zwei Tonnen Hausrat, vieles bleibt da, landet im Sperrgut, Speicher ausgeräumt, alles in festen Kartons, der Schreibtisch, das Sofa in Decken gehüllt, eine Unmenge Unbrauchbares, jene Bücher, die dir lieb sind, und dass es Tage dauert, Nächte, bis alles beisammen ist, du hörst dich deine Frau fragen, »soll ich in einem Hotel schlafen?«, sie aber möchte nicht alleine schlafen, trotz allem, »ich möchte, dass wir zusammen im Bett schlafen«, und du hast die Fotos wieder vor Augen, wie sie klein war und in kurzen Kindersachen vor einem Bach steht, die Schaufel in der rechten, den Eimer, auf einer kleinen Mauer sitzend, wie es ein anderes Foto zeigt, während du jetzt gerade in Wartburg einfährst am zweiten November zweitausendzwei, der Hund neben ihr, den sie aus dem Tierheim holte, ein weiteres Bild. Und immer hat sie Heimweh gehabt, und immer hat sie nicht gewusst, wohin, und dass sie dennoch, bitte, dass sie dennoch mit dir in einem Bett schlafen möchte, »auch, wenn du gehst«, und eine Sehnsucht, sagt man, stellt sich ein, besonders, eine Sehnsucht, wenn du aus dem Fenster schaust, ganz klassisch, abwesendes schönes Deutschland, aus dem Fenster, und dennoch, sagst du, aus dem Zug. Er liebt sie nicht, er sehnt sich bloß nach ihr. Aber wer soll das sein, das ganze Sehnen ist eine gebaute Schachtel. »Aber Reisen ist nicht der Mühe wert, denn man braucht sich nicht von der Stelle zu rühren, um überzeugt zu sein, dass es keine Wiederholung gibt.« Was für ein Satz, lieber Constantin, was für ein Satz. Und du bist auch nur Figur vor einem tanzenden Grund, um den Hals fallen, Abschied, Neuankunft, ich kenne dich nicht. Und immer will man im anderen sich selbst erkennen, den verschütteten Grund. Ich würde verdammt gerne mit dir bumsen, jetzt, nach Hamm, wo wir entfernt sind, vor Dortmund, und dann begegnen wir uns nach Tagen, und ich finde dich nicht wieder, nach der ich mich sehnte, ich erkenne mich nicht. Du stehst da mit vollen Lippen, ganz offenbar, und ja, dass du schön seist, dein goldnes Haar, was aber sehe ich, was macht die Arme so schwer, so bodenträchtig, so umarmungsschwach, »Das Nönnlein kam gegangen / In einem schneeweißen Kleid; / Ihr Härl war abgeschnitten, / Ihr roter Mund war bleich. //

Der Knab, er setzt sich nieder, / Er saß auf einem Stein; / Er weint die hellen Tränen, / Brach ihm sein Herz entzwei.« Volksschmerz, ein Lied. Ach ja, »ich bin viel zu träge, um aufzugeben«, ist auch eine gute Zeile. Ein geregeltes Leben führen, hast du gesagt. Ich möchte ein geregeltes Leben führen, hast du gesagt. Mein Bruder, der ein geregeltes Leben führt, mit Frau und Kindern und Haus, und meine Eifersucht darauf, hast du gesagt. Dieses unbewohnbare Heimweh, nicht wahr, diese Schlüsselstelle, und Deutschland einig Regenland, Krefeld verlassen, in Duisburg rumgestanden, Richtung Leipzig, trüb, verhangen. Dieses dahingestellte, zusammengebaute Deutschland. Diese Haltestelle Gütersloh, das Aussteigen, Einsteigen, diese Empfängnisverhütung, Grauheit, Deutschland, eine Projektion, Brackwede. Diese tonnenschwere Halsüberkopfaktion des Landverlassens ist ja auch eine Eigenvermessung, Selbstaufhebung, es ist Notwehr, es war zu früh, damit es nicht zu spät ist, und dieser Zug heißt »Nicht einsteigen«. Dieses durchquerte, festgefahrene, dieses Deutschland, das hat jemand mal ordentlich ausgeweint, es ist ein leergefegter, ein fassadenstarker Tränenpalast, und immer soll da ein neuer Anstrich sein, und immer kommt der Regen, eine gewisse Lichtundurchlässigkeit. Es ist eine nahende Bankrotterklärung, ein Bankrott, Herford, im Nebel, alle Fenster geschlossen, entweder man wohnt hinter diesen Fenstern, wurde dann und dann geboren, ist ein anständiger Bürger, trinkt sein Bier mit Maß, denkt nicht viel, und damit basta, entweder man steht hinter dem Fenster und hat ein großes Herz für diese Enge, für diesen Winter ohne Märchen, diese selbst geschlossene Anstalt, die man selber ist, entweder lebt man täglich diesen Vorbeerdigungszustand, diese Still-

45

standsabsolvierung, und die Räume durchlüftet man nur
in der Hoffnung, endlich abgeholt, endlich unter die Erde
gebracht zu werden, dann steht man da am Fenster, im
Unterhemd, blass, abgebrüht, und schaut hinaus, blick-
los, ein Bankrott, Löhne in Westfalen, Station verlassen,
oder unablässig reist man dem eigenen Heimweh nach,
kommt an, fährt schon ab, kann sich nicht an gestern erinnern, denkt heute für immer an morgen, vergisst sofort
die Namen angekommener Städte, geht in Bremen ins Bett,
und meint in München aufzuwachen, wird angerufen, »wo
bist du gerade«, muss dann verstohlen im Kalender nach-
schauen, ein Zugticket finden, wo's draufsteht, ankommen,
vergessen, passt eben nicht mehr rein in den überlaufen-
den, den über den Rand gehenden Kopf, eine Katastrophe
sucht man ja immer außerhalb, eine Katastrophe wittert
man ja zunächst nicht in sich selbst, die fängt draußen an,
die ist zusehends umfänglich, Minden, ich schließe die
Augen, und der Mensch heißt Mensch, weil er vergisst, weil
er verdrängt, steht die Stimme im Ohr, und das Vergessene,
das Verdrängte schießt plötzlich raus aus dem Bodensatz,
steht plötzlich deutlich vor Augen, ach richtig, denkt man
dann, hab ich ja glatt vergessen, verdrängt, da ist es also
wieder, mit aller Schwere, aller Unverwüstlichkeit, und soll
man da jetzt lachen oder weinen, einen alten Bekann-
ten unverhofft, unvermutet wiederzusehen, eine herauf-
beschworene Krise, nicht wahr, und dass Mutter sagte, ich
werde dir noch gute Nacht sagen, als du gerade gelernt hattest, all diese Worte voneinander zu unterscheiden, hin-
tereinander zu hören, als Ganzes zu nehmen, und dann
hat sie bis heute nicht gute Nacht gesagt, sie ging aus dem
Zimmer raus und ist nicht mehr hereingekommen, bis

heute ist sie in dieses Zimmer nicht mehr hereingekommen, sie hat dieses Zimmer nie mehr betreten, dieses Zimmer ist einfach immer leer geblieben, und ich habe dieses Zimmer immer um mich, ich bin in der Mitte dieses Zimmers geblieben, es geht mit mir überall hin, das Zimmer, es ist da, es ist nicht da, es ist da. Du kannst ja nicht dieses Zimmer sein, ich mute dir zu, dieses Zimmer zu sein, das du nicht sein kannst, das ich nicht loswerde. Eilsleben, heißt es hier, in den Himmel versinkendes Brachland, letzte Ausfahrt Heimat, es ist noch immer so gewesen, dass ein jeder irgendwo herkommt, und wo ein jeder herkommt, ist Heimat, und das ist immer ein Lebensschaden, da läuft man mit Siebenmeilenstiefeln weg von, da kommt man auf der Bahre wieder zurück hin, im Sarg, und da es allen so geht, nutzt jede Heimatbeschimpfung gar nichts, weil der Heimatloseste ist der Heimatbeschimpfer nicht, das allein ist Gott, Abschiedslosigkeit heißt das Leben, Anfahrt Magdeburg, werde den Eindruck nicht los, hier herrsche immer noch Krieg, stillgelegte Gebäude, seit Jahrzehnten unberührt, Fronten ohne Fenster, bröckelnder Stein, wild ins Land gefegte Oberleitungen, es scheint dem Land an Strom zu fehlen, ein langsam in Halle einrollender Zug, wurde die Stadt jemals wieder aufgebaut?, ich sage dir, jetzt reise ich nicht mehr viel, jetzt haben wir uns, jetzt reise ich nicht mehr viel, und tatsächlich reise ich ununterbrochen, schleppe Koffer und Taschen von einer Unbehausung in die andere, von einem Fahrkartenschalter zum anderen, eine Landerfahrung, tatsächlich, das Reisen ist eine Schlange, und die Schlange ist in einer Falle, und ich bin in der Schlange, und die Schlange kriecht durchs Land, ich sitze in meinem Zimmer in der Schlange und

47

krieche durchs Land, und wohin man da immer schauen
soll in diesem geöffneten Land, das so offen da liegt, so
stumm, so draußen, in die Dämmerung hinein, in sich. Ich
reise von dir weg. Ich ertrage es nicht, von dir nicht zu
hören, ich ertrage es nicht, von dir zu hören. Ich höre nichts
von dir. »Nein, man sitzt ruhig in seiner Stube; wenn alles
Eitelkeit ist und dahinfährt, so reist man doch schneller als
auf der Eisenbahn, ungeachtet man selbst stille sitzt.« Sag
ich doch, die Reise geht nach innen. Nach innen geht die
Reise. Und da findet man Magdeburg und Halle. Magdeburg und Halle sind mittendrin in dir. Wir haben keine
Ahnung von Magdeburg und Halle, von uns selbst kennen
wir nichts als ein Aperçu, eine spitze Bemerkung, eine herausgebrochene, plötzlich da gewesene Scherbe, einen für
alles stehenden Splitter, der immer noch wir sind, der wir
sind, einen beiläufigen, zu Boden gehenden Aussagesatz,
das ist es dann, was wir über uns wissen, was wir über uns
auszusagen haben. »Wer sind Sie eigentlich?«, heißt zum
Beispiel die Frage, »Ich weiß das im Moment auch nicht«,
ist die Antwort. Dieser herausgebrochene, achtlos rumlie-
gende Splitter bist ganz du selbst, ganz achtlos. »... daß er
... ziemlich reizbar und trotz und auf Grund seiner Reizbarkeit in ständigem Widerspruch mit sich selbst ist.«
Wer spricht? Tiefste Kränkung durch ein einziges Wort, das
wie ein Blitz einschlägt, durchfährt, den Kopf durchrast,
durch den Boden geht, getroffen, taumelnd stehst du da,
Sprache zerschlagen, tatenlos, ein einziges Wort, und die so
genannte Welt bricht auseinander, liegt in Trümmern, und
was kommt jetzt in Frage, was man dagegen unternehmen sollte, wo alles aufwallt, enger wird, und dann, ganz
Scherbe, kommt der Stolz den umgekehrten Weg, füllt

48

dich an, breitet die Arme aus, richtet den Kopf, schaut
dir aus den Augen. »... daß ich Dasein und Nichts so-
wohl sein soll als auch nicht sein soll ... wird sogar zornig,
wenn ich tue, was er auf das inständigste verlangt – wenn
ich schweige.« Um aus dem Ganzen herauszukommen.
Es ist unglaublich, wie viel Verwirrung in das Erotische
hineinkommen kann, wenn es dem einen Teil gefällt, tot
vor Trauer zu sein, oder tot sein zu wollen, um aus dem
Ganzen herauszukommen, sagt der alte Däne. Bist du eine
»Bastelarbeit des Geistes«, ein »Zeitvertreib der Phantasie«? »Du bist dabei, dich davonzuschleichen.« »Ich?
Nein!« »Doch«, sagst du. Dieses an die Wand geklatschte
Telefon ist jetzt ausgetauscht worden. »Wir melden uns
dann zurück«, hast du aufgesprochen. Wer ist das? Von
meinem Namen keine Spur, keine Telefonnummer von
mir, die zu hören wäre. Du hast einfach nur noch deinen
Namen genannt und deine Rufnummer, alles andere gelöscht, nicht mehr mitgeteilt, Zustandsbeschreibung durch
Weglassen, »vermisst du mich, wenn ich nicht da bin?«,
und du sagst »ja«, und dieses »ja« löscht den Blitz, schließt
den Körper, baut auf, es ist ein Oszillieren, ein Hin- und
Hergerissenes, Teil, Ganzes, ich, Scherbe, du. »Kannst du
ohne sie leben?«, fragt Valsher. Ich höre mich schweigen.
Ich schweige ... fiel mir auf, stellte ich fest, in Vergangenheit
von dir zu denken, an dich, dachte ich in Vergangenheit, in
aller Anwesenheit bist du vergangen, du bist schon nicht
mehr, ich habe dich abgeschafft, fällt mir endlich ein, in
Eisenach, eine Minute Eisenach. Da brauche ich also sie,
um von ihr loszukommen, da brauche ich also A, um von
Z loszukommen, die Koffer gepackt und über die Grenze,
und jetzt also brauche ich Z, um wieder von A loszu-

kommen, »ich stecke in der Frauenfickmühle«, schreibt
Norbert. »Du schleichst dich langsam davon, du hältst was
hinterm Berg, du bist nicht konkret, du redest um den
heißen Brei, deine Stimme, ich bin nicht mehr in deiner
Stimme.« Und Vorhänge will sie haben, für den Winter,
sie will es behaglicher machen, Stühle fehlen, es ist innerlich kalt in der Wohnung, »ich bin traurig«, sage ich, »ich
bin selbstversunken«, sagst du, und wohin die Vorhänge
führen könnten, seit Jahren bist du allein in dieser vor-
hanglosen Wohnung, jetzt möchtest du Vorhänge haben,
und ich kann nicht sehen, was ich mit diesen Vorhängen zu
tun haben könnte, vor Fulda bin ich mir nicht im Klaren
darüber, ob diese Vorhänge mich etwas angehen, und die
Stühle, die Tische, das Wort ›gemeinsam‹ macht einsam,
ich weiß wirklich nicht, ob die Vorhänge mich nicht fertig
machen, bin ich denn schon weg, oder bin ich nicht weg,
bin ich etwa noch da?, bin ich vielleicht noch nicht ganz
weg, und ob das gut so ist, oder nicht, ist es gut, wenn ich
noch nicht ganz weg bin, geht das Ganze in Raten, sind es
ein Schritt vor, zwei zurück, alles kühlt ab, ich kann ganz
gelassen mit dir fernmündlich sein, und stark, und dann
weiß ich nicht, »er liebt sie doch nicht, er hat bloß Sehnsucht« – nach anderswohin? Meine Sympathie ist auch
derart, dass ich mir selber einbilde, sie zu lieben? Mag sein.
Ist es nicht immer so? »Irgendwann liebe ich dich«, liegt
diese Stimme im Ohr, und woher diese Stimme das wissen
will. Heute ist so stille, abgeblättert, vor sich hin, verhangen, aber nicht verhängnisvoll, zu Boden gegangener
Herbst, Warteschleife, es liegt was in der Luft, heißt es,
es bahnt sich was an, da kommt was, es ist was im Lauf,
nicht wahr, jetzt aber, vorerst drückt es nicht, zwingt nicht

in die Knie, kann ja wieder kippen, für so was gibt es sehr viele Worte, sehr viele Worte kann man da machen, anfallsartig, sehr viel kann man um den heißen Brei herumreden, wenn er aber doch kalt ist, das sind so Wechselbäder, du seist nicht zuverlässig, du könntest dir selbst nicht vertrauen, sagst du, Meingott, wer kann das schon, ich verstehe, ich umarme dich, einen Gesprächspartner braucht man doch, nicht wahr, einen Vertrauten, dem man sich anvertraut, einen alten Dänen, einen stummen Mitwisser, der zum Beispiel folgenden, sich selbst verfassten Brief bekommt, darin steht, »Wenn ich Diktator wäre über alle Menschen, dann helfe Ihnen Gott! Ich führte Sie mit mir, eingesperrt in einem Käfig, damit Sie mir allein zuhören müssten. Und dann würde ich vermutlich mir selbst die peinlichste Angst bereiten, Sie täglich zu sehen.« Man wünscht, dass da ein Vertrauter sei, und doch wünscht man es nicht, es ängstigt zuweilen, dass da einer ist, ein ausgelagertes Erinnern, ein Wiederholen, Echo, eine Inventur ist dieser Vertraute. Dass ich aber hängen bleiben sollte in einer Liebesgeschichte, hätte ich niemals erwartet. Hängt man dann da wie eine Marionette, und hat man die Fäden noch selbst in der Hand, und nie ist es vergönnt, nie wird es gelingen, nach oben zu schauen, das nachzusehen, das zu überprüfen, ob man sich selbst hält, es ist nicht vorgesehen, dass eine Marionette nach oben schaut, den Kopf hebt, eine Marionette schaut immer geradeaus, bis der Blick verstellt ist von herbeigesehnten, nie erreichten Dingen, das sind ja keine Erfahrungen, die man macht, das stößt einem zu, und die Augen schließt die Marionette auch nicht, sie schaut immer zu und wird immer angeschaut, im Fadenkreuz des Selbstverhörs, wir stürzen uns in einen Men-

51

schen hinein, werfen alles, was ihn ausmacht, hinaus, damit wir genug Platz darin haben, dann richten wir uns in ihm ein, schauen aus ihm heraus, und wenn das nicht mehr unser Blick ist, mit seinen Augen, dann gehen wir wieder hinaus aus diesem Menschen, dann streifen wir die Hülle ab. »Die Spaltung, die durch Berührung mit ihr in ihm verursacht war ...«, du hast meine Hand genommen, und ich habe sie behalten, sie zwischen meine Hände gebettet, die Nacktbar, erinnerst du dich, und du hast mich gefragt, ob mir das gefalle, ob mich das anmache, nein, habe ich geantwortet, aber du gefällst mir, du machst mich an, ich war ganz mein Körper, der lodert, der pulsiert, ich bin in dich hineingekippt, verstehst du, ich sehnte mich nach nichts anderem als nach deiner Berührung, dann können wir uns nicht mehr berühren, sagtest du, als ich davon sprach, in so genannten festen, fest verheirateten Händen zu sein, aber wir haben uns längst berührt, erwiderte ich. Und jetzt? Im Sturmlauf der Krise? In der Zerstörung, Kriegserklärung? Wo ist das Verlangen geblieben, die Unerschütterlichkeit, das Unerschütterliche? »Die Spaltung, die durch Berührung mit ihr in ihm verursacht war, wäre versöhnt dadurch, daß ...«, nein, ich habe keine Angst mehr, dich zu verlieren, man geht in einen anderen Menschen ja hinein, um sich selbst nicht zu verlieren, womit man sich bereits verloren hat, nicht wahr. Dann war die Bar zu Ende. Straßenbahn. Zu dir. Ein weißes Sofa, härtere Gangart der Getränke, schon genug getrunken, schon zu viel getrunken, ich erzählte was, dachte, etwas klarstellen zu müssen, aber was bloß?, ich will keine solchen Spielchen, hast du gesagt, kein Machtspiel, ging es ums Ficken?, keine Ahnung, du warst ganz offen, für alles, ich war ein

52

wenig verlallt, den Whisky haben wir dann stehen gelassen, und sind zum Küssen übergegangen, vom Sofa runter auf den Teppich, verschlungen, wie kann etwas, das so verschraubt ist, sich auseinander drehen?, so könnte es gewesen sein, »die Spaltung, die durch Berührung mit ihr in ihm verursacht war, wäre versöhnt dadurch, daß er wirklich zu ihr zurückgekehrt wäre«, dass du wirklich zu mir zurückkehren würdest, dass ich wirklich zu dir zurückkehren würde. Wenn aber eine Krise einmal so richtig da ist, und die sogenannten Verletzungen haben schon die Lebensgeschichte neu definierende Grenzen erreicht, wenn also eine seit Jahren vorbereitete, eine angebahnte, plötzlich mit Wucht die Oberfläche durchstoßende Krise unübersehbar da ist, da ist auch Musik, da stellt sich sofort Musik ein, etwas so lange, etwas so oft hören, dass es nicht mehr gehört werden kann, ein Musikstück so oft durchqueren, die Musiklandschaft immer und immer durchwandern, bis die eigene halsbrecherische Situation von dieser Musik nicht mehr zu trennen ist, diese Musik gehört ab jetzt dazu, ist sofort klar, ich kann nicht mehr eine vorausgreifende Erinnerung an diese oder jene, an diese ganz bestimmte Situation haben, du weißt schon, ohne sofort an diese Musik zu denken, die sofort wieder im Ohr ist, die ausgehört ist, die auswendig ist, eine kleine private Filmmusik, sozusagen, um aber ehrlich zu sein, »bis zum Äußersten/ gehn/ dann wird Lachen entstehn«, das stimmt nicht, oder wir sind noch mittendrin, oder wir sind noch nicht bis zum Äußersten gegangen, das Äußerste steht noch bevor, es ist noch nicht ersichtlich, aber schon ganz da hinten, da noch, wo von Ferne zu sprechen ist, von hier aus, da lacht schon jemand, und dass wir nicht lachen, ist abzusehen, wird

53

Lachen entstehn. Und immer wieder die Reisen im Zug, der flüchtige Kuss, das nachhaltige ›Auf Wiedersehen‹, du sitzt im Taxi Richtung Flughafen, drehst dich mir zu, zwischen dir und mir nur ein paar Meter, und ein Rückfenster, du winkst, ich werfe dir noch einen Kuss zu, der Wagen fährt an, ich gehe los, wenige Schritte, drehe mich um, da sitzt du, wir winken uns zu, ein schöner Abschied im November, denke ich, ein schöner Abschied am elften November zweitausendzwei, heute, denke ich in der Straßenbahn, und denke es jetzt, an Erfurt vorbei, wieder an Erfurt vorbei, »ich begehre dich nicht mehr«, hast du mir gesagt am Strand in Barcelona, vor Wochen noch kamst du in ein Zimmer, irgendeinen Raum, »und meine Muschi war nass, jetzt wird sie kaum noch feucht, eine Begehrensstörung, zu viele, zu große Verletzungen«, sagst du, sagst du draußen sitzend bei Crevetten und einer überaus mäßigen Paella, und mir wird augenblicklich sofort schlecht, keinen Bissen kriege ich runter, ich begehre dich nicht mehr, sagst du, und ich müsse jetzt stark sein, ich könne jetzt nicht wegbrechen, ich müsse jetzt stark sein, für dich mit, verschüttetes Begehren, und ich sehne mich so danach, von dir begehrt zu werden, ich wache neben dir auf, und du bist mir fremd, sagst du, und was ist schmerzhafter, frage ich mich, nicht von dir begehrt zu werden, oder dich trotzdem zu ficken, ohne dich zu begehren, ohne das einzugestehen, dass auch mir das Begehren wegzurutschen droht, dass ich durch dich hindurch den schon verfallenden Körper sehe, ich sehe uns verfallen, einander zugetan, wir verfaulen bereits, denke ich, ich gebe nicht auf, werde stärker, merke ich, das tut beschissen weh, nicht von dir begehrt zu werden, es tut gleichmäßig weh, es tut weh. ›Eine Frau will

54

begehrt werden.‹ Diese Einseitigkeit war mir schon immer zuwider. Ich möchte mich zurückerobern, in dir, ich möchte wieder wachsen, in dir, damit du wieder nass wirst, auch ganz für dich allein. Nicht begehrt zu werden, ist das Schmerzhafteste, nicht von dir geküsst zu werden, ist das Schmerzhafteste, oder hast du das bloß gesagt, um mir wehzutun, glaube ich nicht, das ist das Schmerzhafteste, nicht von dir begehrt zu werden. Großheringen. Der Tag verrinnt, gestern noch am Meer, hörst du, im Osten ist's kalt, Wartezustand Deutschland, erkaltete Kulisse, verlassene Burgen, ein phallischer Obelisk, arbeitslos, ein Fluss im Stillstand, Campingwagen, Baukräne, alles still, da läuft überhaupt kein Mensch draußen rum, keine Menschenseele, alle drinnen, Plätze und Straßen verlassen, ob du mich vermisst, frage ich mich, ich habe Sehnsucht nach dir, die Nachricht, du antwortest nicht, hast unruhig geschlafen, wenn du dahin und ich dahin müsste, sollten wir in getrennten Betten schlafen, dieses eine Mal im Monat, schlägst du vor, ich sehe das ein, fast, es kränkt mich trotzdem, es lässt mich stehen, allein, es macht mich fertig, ich erhole mich, wenn ich unsicher werde, nicht mehr weiß, ob ich dich liebe, nicht weiß, ob ich überhaupt lieben kann, wenn ich nicht mehr weiß, was ich sagen soll, sagst du, wenn du dann so einbrichst, wegsackst und schweigst, wenn du dann rückwärts gehst, dich wegnimmst, das ist ja das Schlimmste, du musst dann stark sein, du zerbröckelst aber, brichst ein, fällst in dir zusammen, sagst du, ich will mich aber gerade dann anlehnen können, ich brauche dann einen Baumstamm, der nicht umfällt, der mir sicher ist, sagst du, das ist ein Teufelskreis, der alles verschlimmert, du musst jetzt stark sein, sagst du, ich verstehe deinen

Rückzug, sagst du auch, es wäre schön, wenn du jetzt stark sein könntest, sagst du, die mich wohl nicht mehr begehrt, könntest du mich doch begehren, könnte ich mich doch wieder begehrenswert machen, schreit mein Körper, »du hast eine Fahne«, ich kann keinen Mann bumsen, der eine Fahne hat, gibst du zu verstehen, bevor wir bumsen, und dann geht plötzlich eine aggressive Nummer los, dein Rücken hat nachher so etwas wie ein Brandmal, ganz wund gescheuert am Bettlaken, ein heftiges, den Körper übers Laken scheuerndes Stoßen, da stimmt was nicht, hier läuft etwas schief, spüre ich, wir sind da nicht ganz bei der Sache, wir sind bei einer falschen Sache, wir sollten das einstellen, Knoblauch, sagst du, mir liegt der Knoblauch im Magen, ich geh mal aufs Klo, das sind ganz eindeutig Magen- schmerzen vom Knoblauch, sagst du, satt überm Restgrün einer Wiesenlandschaft hängender Himmel, ausgebeutete Wolken, die vom Himmel abzureißen drohen, so schwer, so dahingekommen, das ist mir ganz fremd hier, da sehe ich mich nicht, dieses Brandmal plötzlich, die kreisrunde, die wund gescheuerte Markierung da an deinem Rücken, und du hast nicht gesagt, dass dir was wehtut, du hast das ein- fach da hinkommen lassen, »ich bin viel zu träge, um aufzugeben«, du schaust aus dem Fenster raus, als ginge dich das Bumsen nichts an, ich sehe, dass du aus dem Fenster schaust, als ginge dich das Ganze nichts an, was mache ich hier eigentlich, frage ich mich, bin ich noch besoffen?, küssen willst du mich nicht, Küssen fällt insge- samt ein bisschen schwer, Küssen ist das Wichtigste, Küssen fällt aus, wir werden uns wieder begehren lernen, sage ich mir hinter Berlin-Schönefeld Flughafen, vor Berlin Ost, kalte Baumstangen, aufgereiht wie dahingestellt, Berlin-

november, Novemberberlin, das Laub noch knapp im
Geäst, »vergiss deinen Stolz«, Hüttenwerk, Bahngleise in
die Landschaft geschlagen, auf diesen Gleisen rollt auch
Hannah Hoech, völlig schnörkel-, völlig kurvenlos, ein
Fabrikschlot lässt mächtig Dampf ab, wer sagt denn, dass
wir hier am Strand liegen?, »die das Meer vermisst«,
schreibst du mir, und meinst dich, die aber nicht mich vermisst?, Scheißmeer, und dass man jetzt schon auf das Meer
eifersüchtig sein muss, in wenigen Minuten erreichen wir
Berlin Zoologischer Garten, der Sänger im Ohr, »es bleibt
der Krieg«, »du bist das Beispiel für Zufriedenheit«, kann
man von uns ja nicht gerade behaupten, anderen geht es
noch viel schlechter, ist auch nur einer jener kapitalen
Fehlsätze, einer jener vermeintlichen Mutmacher, ein Är-
gernis, erstens geht es anderen tatsächlich noch viel
schlechter, andererseits muss man sich an etwas halten
können, wenn man sich dann plötzlich an nichts mehr halten kann, aber nicht an diesen Satz, der so haltlos macht, so
haltloser, der eine Haltlosigkeit größer macht, wenn also
ein Haltloses erst mal da ist wie jetzt, macht ein solcher Satz
wie dieser nur noch haltloser, birgt schon den Absturz in
sich, lässt einen kurz vor dem Absturz stehen, ach, käme
eine schöne Frau in diesen Zug, ich fiele ihr um den Hals,
sie muss ja gar nicht mal schön sein, vielleicht aber sollte
ich überhaupt nur noch Zug fahren, mich überhaupt nur
noch fortbewegen in dieser Bankrotterklärung, diesem
schwimmenden Staatsschiff, Berlin, Jagott, sicher, Stra-
ßenruinen, Bedürfnisanstalt, Straßensenkel, Tausendfüß-
ler, Architekturschande, Halsschmerzen, Berlin ist Halsschmerzen, Berlin, Jagott, sicher. Das Schöne am Alexanderplatz ist das Forum-Hotel, das Schöne am Forum-Hotel

ist Berlin Alexanderplatz, wie es aus dem Fenster raus in
großen Lettern an der gegenüberliegenden Hausfassade
prangt: »Eine Handvoll Menschen um den Alex. Am Alexanderplatz reißen sie den Damm auf für die Untergrundbahn. Man geht auf Brettern. Die Elektrischen fahren über
den Platz die Alexanderstraße herauf durch die Münz-
straße zum Rosenthaler Tor. Rechts und links sind Straßen.
In den Straßen steht Haus bei Haus. Die sind vom Keller
bis zum Boden mit Menschen voll. Unten sind die Lä-
den. Destillen, Restaurationen, Obst- und Gemüsehandel,
Kolonialwaren und Feinkost, Fuhrgeschäft, Dekorations-
malerei, Anfertigung von Damenkonfektion, Mehl- und
Mühlenfabrikate, Autogarage, Feuersozietät. Wiedersehen
auf dem Alex. Hundekälte. Nächstes Jahr, 1929, wirds noch
kälter«, ein Auszug, ein Großformat, das Schönste am Alexanderplatz ist Berlin, zweitausendvier wird's noch kälter,
zweitausendzehn wird's noch kälter, und das Menschen-
volle wird sich mit der Zeit wohl von selbst erledigen.
Restaurationen, Untergrund, Bahn.

Jeden Tag also ausschließlich im Zug, monatelang kreuz
und quer durch die so genannte Republik, durch die Ge-
dächtniskirche Deutschland, die Schutthalde Heimat, einen Fitnessraum müsste der Zug dann haben, ein gutes
Bett, Deutschland, vom Zug aus, jahrelang Deutschland,
und nach Jahren steigt man aus, wird befragt, was man
gesehen habe, ich habe die Sonne aufgehen, die Sonne
untergehen sehen, sagt man dann, ich habe ein am Boden
klebendes, am Boden festgemachtes Deutschland gesehen,
sagt man dann, ich habe die über die Felder verteilten
Jahreszeiten gesehen, auf die Frage, ob man etwas gesucht
habe, antwortet man, ich habe etwas gesucht, aber nicht

gefunden, jetzt bin ich halt ohne mich ausgestiegen, der ich schon ohne mich eingestiegen bin, um eine so genannte Lebenserfahrung reicher, nicht begehrt, nicht verlassen.
»Eines Tages wird auch Bumsen noch verzollt, habe ich geschrieben«, sagte ich am Meer, das war das Stichwort fürs Begehren, für die Trockenheit am Meer, auf dem Rückweg, Kuriergepäck: Gepäcktransport von Haus zu Haus im Inland und in bestimmten Ländern des europäischen Auslands. Schön, dann transportieren Sie doch mal meine zwei Tonnen wieder über die Grenze zurück nach Leipzig, sagen wir mal, dieses Mal gehe ich nach Leipzig, warum sollte ich dieses Mal nicht nach Leipzig gehen, Leipzig steht nichts im Wege, auf dem Weg nach Leipzig steh ich mir im Weg.
»Helfen Sie mit. Trennen Sie mit.« Ja, liebe Bahn, dann hilf uns mal trennen. Wirsingeintopf. Kaum wirklich runterzukriegen. Plastikgebeutelte Suppe. Dazugereichtes Brötchen Pappe. Suppe dermaßen heiß, dass ich mit dem ersten Löffel nichts mehr schmecke, nichts mehr wiedererkenne. Wirsing mit Kartoffeln und Bratwurst. Mutter. Manchmal steht etwas erinnerungsartig zum Greifen nah vor Augen, Farbwelt, Geruchswelt, ein Gesichtsausdruck, gesprochenes Wort, ganz deutlich zu sehen, zu hören, eine unwiederholbare, eine verlorene Situation, ja, es gibt keine Wiederholung, alter Däne, das unhinterfragte Übereinkommen, etwas gemeinsam zu machen, wo man ja schon mal so geboren ist, nicht wahr, und das ist also verloren gegangen, taucht auf, taucht ab, steht deutlich vor Augen, ganz deutlich, und wann das war, fragt man sich, wie viele Jahrzehnte das wohl her ist, fragt man sich, wann und wo war das denn, fragt man sich, und es ist fraglos lange her, man muss darüber nachdenken und nachdenken, alles

andere stehen und liegen lassen, um darüber nachzudenken, wo und wann das war, und es ist unerfahrbar, es
ist so deutlich, so versteckt, es ist nicht in Erfahrung zu
bringen, so deutlich, du leidest darunter, nicht feucht zu
werden, ich meine, wenn wir dann bumsen, ist es auch
schön und geil, sagst du, was hat das jetzt hier zu suchen,
wie ein abgefallener Name, und dann, ich bin wieder tage-
lang durchs Land gefahren, mit einem Mal nach täglichem
Sprechen mit dir, fest steht jedenfalls, es waren keine Jahrzehnte, es war erst kürzlich, dass mich das Gefühl be-
schlich, die Spur wechseln zu müssen, auf die Überholspur
gehen zu müssen, dieses Gefühl, das ›weg hier‹ heißt, das
sich mit dem ersten klar gedachten und in seiner Klarheit
sofort verletzenden Gedanken einstellte, kaum dass man
auf zwei Beinen steht, geradeaus, den Kopf wenden kann,
ohne umzufallen, ein Nein vom Ja unterscheiden kann
allein aufgrund des Jas, des Neins, weg hier, heißt das, und
das habe ich ja nicht mehr losbekommen, seitdem, das bin
ich ja nicht mehr losgeworden, »du hast Angst vor Zurückweisung«, sagtest du, »deswegen bleibst du weg, kommst
nicht ins Bett, haust wieder ab, kaum dass du ins Bett
gekommen bist«, es ist aber auch die Angst damit, dich
zurückzuweisen, denke ich, komplett, nein zu sagen zu dir
als du, ein gewisses Triebleben, nicht wahr, das ausagiert
wird, der seltener werdende Glücksfall, mit dem Herzen zu
bumsen, weg hier, verstehst du, das ist das Fernbleiben, das
Aufstehen auch, du bist verlassen, wenn du mit mir bist,
Wirsingsuppe, zu Mutter immer Urvertrauen, zum Vater
kann es ein Urvertrauen gar nicht geben, ein Vater ist nie
da, so einer ist ja immer weg, ich sage dir noch gute Nacht,
ich warte heute noch, ein Name, der herunterfällt, da war

das Urvertrauen dann weg mit einem Mal, gar kein Vertrauen mehr, und den Frauen zahle ich das ja heim, denke ich, Richtung Hamburg, dieses Nicht-Gute-Nacht-Sagen, dieses Fernbleiben, und dann die Szene mit Mutter, die sich plötzlich einfach auf ihn legte auf dem Sofa in Vollanwesenheit des Vaters, nicht wahr, kaum kommt man in das so genannte geschlechtsreife Alter, mit Eiern und so und Bart, schon legen sich die Mütter auf einen, versuchen, mit der Zunge in deinen Mund einzudringen, in Vaters Vollanwesenheit, was ist denn da schief gelaufen? Deutlich spürt er Mutters Scham, so schamlos ist sie, er versinkt ganz im Sofa mit der Scham, sie lässt nicht locker, denkt er, wo soll das denn noch enden, denkt er, der Vater zieht sie dann endlich weg, und er denkt, weg hier, bloß die Fliege machen hier, das kann sie gar nicht mehr gutmachen, die kann mir jetzt nicht mehr unter die Augen treten, da gibt es aber was zu erklären, gab's dann aber nicht, der Vater sagte irgendeine Unbrauchbarkeit, das war ihm unerhört peinlich, diese Mutterliebe, oder habe ich das irgendwo gelesen, war das gar nicht er?, wer ist denn er?, und das zahle er den Frauen heim, diese Szene, dass Mutter plötzlich neben ihm auftauchte, ihn umarmte, als wäre er ihr Liebhaber, Leibeigener, den es im Sturm zu nehmen gelte, ihn an sich drückte, niederlegte wie soeben gestorben, da liegt er, da liegt sie plötzlich der ganzen Länge nach auf ihm, auf ihm hat bis dahin noch niemand gelegen, sagt er, Mutter habe aber auf ihm gelegen mit allem dran, versuchte ihn zu küssen, aber nicht so katholisch wie sonst, konkreter, verstehen Sie, sie habe ihm ihren nackten Teufel in den Mund gesteckt, und was er mit dem jetzt machen solle, oder habe ich das irgendwo gelesen, war das gar nicht er, habe ich das etwa hier gelesen, habe ich das zugleich geschrieben und gelesen, aufgeschrieben und aufgelesen, im selben Augenblick erfunden und erkannt, wer ist denn er?, »und zwingt man ihn, das Licht selber anzusehen, so schmerzen ihm doch die Augen. Er wird sich umkehren, wird zu den alten Schatten eilen, die er doch ansehen kann, und wird sie für heller halten als das, was man ihm zeigt«, sagt der alte Grieche, las ich in St. Pauli auf dem Fußboden des Hotelzimmers – und so ist die Liebe, »wie es oft genug gesagt und geschrieben und gedruckt und gelesen und vergessen und wiederholt worden ist«. Eine Wahrheit mehr in St. Pauli, anstelle des Vorhangs zieht man eine schienengeführte Holzplatte vors Fenster, eine darin eingelassene Linse lässt nachts die Stadt durchs Zimmer fließen, Camera obscura, die Stadt dreht sich im Kreis; taucht auf, taucht ab, Hamburgtaumel, Deutschlandberührung.

Dann ging ich in Hamburg eines jener neuen Notizbücher kaufen, eines jener legendären Notizbücher, den anonymen Wächter, den Zeugen des modernen Nomadentums, hatte ich in Hamburg also ein solches Notizbuch gekauft, kaufte ich auch noch einen Caran d'Ache, der außerordentlich gut in der Hand liegt. Hamburg, also. In den Colonaden ein legendäres Notizbuch gekauft und einen Caran d'Ache, der die Hand führt. Warum nicht mit einem Kugelschreiber schreiben, einen Stift in der Hand haben, halten. Man ist näher dran am Puls, an der Erde, direkte Bodenhaftung, Direktkontakt zwischen dem überall und an allen Orten sofort ins Wanken geratenden Boden und diesen Erinnerungsgerinnseln, die so ganz fein nur in Fluss geraten, und dieses aus dem Körper herausspringende Sehnen, dieses unablässige nicht Abgeschlossensein, ich bin aufgemacht und kann mich nicht mehr schließen, bei der Wahl des Kugelschreibers kann man schon mal gut einen Tag hergeben, das ist nicht das Unentscheidendste, ein in Fluss geratendes, sich selbst beobachtendes Hinausgehen darf nicht von stockender Mine ins Straucheln gebracht werden. Es muss geschmeidig bleiben, Blau fließt momentan besser als Schwarz, warum wir miteinander sprechen müssen, ich meine, warum stillt es ein wenig, deine Stimme zu hören, nachdem ich behelfsmäßig durch Hamburg gelaufen bin, Schritt für Schritt mich nach dir sehnend, in diesem von Wolken gejagten Hamburg, der Sommer fiel hier letztes Jahr auf einen Dienstag, Hamburger Wetterhumor, die Reeperbahn ein Schattenreich, nachts jenseits des Spielbudenplatzes abgetakelte Nutten, die einen schon gar nicht mehr ansprechen. Dabei wäre es doch vielleicht gar nicht mal so uninteressant, sich von einer etwas älteren, möglicherweise gut riechenden Dame einen runterholen zu lassen, aber lassen wir das, die rechte Lust ist nicht am rechten Ort, oder wie sagt man dazu, du begehrst mich nicht mehr, ich bin das Gegenteil von bin. Das Gegenteil von bin ist du. Von dir gibt es gar kein Gegenteil, sondern du selbst. Und du selbst bist nicht da. Da habe ich dich angerufen, und deine Stimme drang in mich ein, gab mir Ruhe, Zuversicht, über deine Bedürfnisse sprichst du nur selten, du hast eine fast kränkende Selbstzurücknahme, als hättest du gar keine Bedürfnisse, wenn aber einer solche hat, und der andere nicht, oder er sagt es nicht, er zeigt es nicht, oder sie lassen sich nicht miteinander ausleben, oder der eine hat den anderen innerlich schon umgebracht, ich nehme den Löffel aus dem Milchkaffeeglas, aus dem umgerührten, zucker-

verteilten Milchkaffee, diesen dampfenden, Dampf lo-
dernden Löffel, der ausdampft, ich nehme mich aus dir,
es dampft gar nichts, so stell ich mir das vor, es ist traurig
kalt, es steht uns ein fickloser Winter bevor, stell ich mir
vor, aber das wollen wir beide nicht, wir beide wollen das
nicht, dein kleiner Körper mit den kleinen Brüsten, dein
kleiner Körper, der so unverwechselbar in meinen passt,
ich meine, das war schon ein aggressiver Fick, zuletzt, dein
markierter Rücken, Aushub, so fest war es noch nie,
stellte ich fest, es bereitete mir keine Lust, du schautest aus
dem Fenster raus, deine duldsamen Augen, noch nie habe
ich an dir diesen erschreckenden Ausdruck bemerkt, an
deinen Augen, wo kam die Wut bloß her, die ich plötzlich hatte, auf was war ich so wütend, dass die ganze Lust
auf dich, die ganze Körperlust wie weggeblasen, nein,
du kriegst mein Sperma nicht, undsoweiter, also Schluss
und raus, das erste Mal, dass wir das mit uns unterbrochen haben, Ratlosigkeit und die Markierung an deinem
Rücken, wenn der Kugelschreiber besser fließt als unsere
Säfte fließen, nicht wahr, die Dame Poesie wird dich auf-
fressen, habe ich dir gesagt, sie wird dich fertig machen,
habe ich dir gesagt, du möchtest vertraut sein mit der
Dame Poesie, aber nur ich kann mit ihr schlafen, habe ich
gesagt, in einem Anfall von stichhaltigen Anfälligkeiten,
ein gewisser, alkoholgesteigerter Somnambulismus griff da
unvermittelt um sich, du möchtest in die Kunst, habe ich
dir gesagt, und die so genannte Kunst wird dich fertig
machen, die bringt dich um, habe ich dir gesagt, du bist die
Feindin, wird die so genannte Kunst dir sagen, du bist die
andere Seite, sagte ich in einem Anfall von Enttäuschung,
etwas sagte das so in mir, ich brauchte nur den Mund

64

zu öffnen, da kam alles raus, die saugen dich aus, die so
genannten Künstler, die werfen dich weg, sobald sie dich
ausgesaugt haben, dann bist du völlig unbrauchbar, du
wirst schließlich nicht mehr auf die Beine kommen, sagte
ich dir, du suchst Kunstanschluss, weil das dein Herz begehrt, die so genannte Kunst ist aber eine geschlossene
Anstalt, es ist mit der Kunst und ihrer Gemeinde wie in
dem Film mit Donald Sutherland, nicht wahr, und die
Eingeweihten, die Infizierten kennen sich, die haben nur
eine Seele, alle zusammen, gemeinsam, da kommt ein Teil
meiner Seele, ein Stück meiner Seele betrit den Raum, sagt
die in dem Raum vorbefindliche Gemeinde, wenn jemand
den Raum betritt, in dem einige Gemeindemitglieder
schon sitzen, schon stehen, es ist ein höherer Verwandt-
schaftsgrad als die so genannte Familienverwandtschaft
das für sich überhaupt nur in Anspruch nehmen könnte,
eine Familie ist immer kurz vor dem Scheitern, eine Familie ist ja eine Zufallserscheinung, die sich aus dem Zufall
in den Zerfall entwickelt, eine solche Seelenverwandtschaft
aber ist tiefste Umarmung, ein Traum, ein höherer Abschied, eine sich zuprostende Traurigkeit, eine satte Ge-
nugtuung und Befriedigung, es nützt mir gar nichts, so
empfunden, wenn ich zehntausendmal in dir komme,
wenn du zehntausendmal mit mir kommst, nutzt das gar
nichts, hast du die Dame Poesie nicht, und du hast die
Dame Poesie nicht, die mir beischläft, die immer da
ist, die immer im Hintergrund ist, und dieser Caran d'Ache
reitet beständig über Unwegsames, sitzt fest im Sattel, ist
nass, gleitet vor Nässe, macht mich fertig, und wenn du
mich nicht willst, sagte ich dir, fiel mir aus dem Mund raus,
ich dringe liebend gern in die Poesie ein, die sich sicher

weiß, ein Anfall von Somnambulismus, eine Verklärung, ein romantischer Nachläufer, du aber bist keine Infizierte, du betrittst diesen Raum und die Infizierten erkennen dich nicht, fressen dich auf, sagte ich dir, was aber nun endlich die Poesie betrifft, das so genannte Dasein absolviert mich in dem Augenblick, da ich mich gleichsam selbst vernichten will, nicht wahr, ich sage Poesie, und das so genannte Dasein absolviert mich, Poesie ist ja Selbstvernichtung, ein zur Ausführung gelangter Selbstentwurf, nicht wahr, das ist die Poesie, ein aufgegangener Kuchen, der den Namen Poesie verdient, ein aufgegangenes Rezept, und darin ich selbst, könnte ich mich selbst vertilgen, ich müsste mich dauernd erkennen, ich bin die Poesie, die ich selber nicht essen kann, nicht wahr, eine Selbstliebe, ein Paradox, deine Bedürfnisse, empfinde ich sie als Kriegserklärung?, als Michauslöschung, fremd, isst du mich auf?, es ist ein Denken in die falsche Richtung, ein Irrweg, eine sich selbst erfüllende Prophezeiung, eines Tages werden wir uns in Frieden trennen, sagtest du kurz vor dem Eintreffen der Untergrundbahn, ich habe manchmal das Gefühl, dass wir uns eines Tages in Frieden trennen werden, sagtest du, und ich nahm das mit Erleichterung auf, wir sind da ein Stück zusammen gewachsen, in unterschiedliche Richtung, und dann sind wir Hand in Hand spazieren gegangen, umschlungen, du hast dich an mich gelehnt, ob das angemessen ist, fragtest du, ob es angemessen ist, Hand in Hand zu gehen, ist es angemessen, dass wir Hand in Hand gehen, frage ich mich immer öfter, sagtest du, »ich traue mich dann manchmal nicht, deine Hand zu nehmen«, »mir geht es genauso«, und jetzt sitze ich also in Hamburg allein, im Raumschiff, dich sehen zu wollen, dieses Verlangen ist mir abhanden gekommen, das Raumschiff fliegt im Stillstand, ich bin eine abgebrannte Ruine, sage ich mir, ein selbst verbrannter Hohlkörper, eine ausgesaugte Frucht, winters wie sommers, »Deep in a Dream« ist Charlies Testament, sitze ich also im Raumschiff in der einfach im Raum stehenden Badewanne, »das gibt's doch nicht, da verlässt die mich«, höre ich sagen, Sören sagt, »das gibt's doch nicht, da verlässt die mich«, »sie ruft an, um mich zu verlassen«, sagt Sören, »weil es langweilig ist, ich meine, ich bin ja auch langweilig«, sagt Sören, »aber dafür gleich verlassen, nach dreieinhalb Jahren ruft sie an, um mir zu sagen, ich komme morgen nicht, ich fahre überhaupt nicht mehr zu dir, ich verlasse dich, das gibt's doch nicht«, sagt Sören, »da verlässt die mich« – mir fehlen die Worte. Sind wir nicht soeben noch die Elbe entlanggegangen, das Ein und Aus der Containerschiffe, unser randbrüchiges Gespräch, unsere gemeinsame Schutzhand, sage ich, es bricht herein ohne Anmeldung, kaum hast du dich unter dir selbst aufgerichtet, bricht es herein, bist du ein Schiff, das soeben entladen wird, in kürzester Zeit bist du entladen und dir wird mitgeteilt, es gebe keine neue Fracht, du wirst leer bleiben, du läufst unbeladen aus, jede teilnahmslose Böe reißt dich fort, jede Luft drückt dich nieder, jedes Ausatmen kann dich zum Sinken bringen, du bist so hafenlos, Treibgut, du solltest das Gehäuse wechseln, kein Verlangen, dich zu sehen, widerspruchslos ist mir dieses Verlangen abhanden gekommen, er liebt sie nicht wirklich, er sehnt sich bloß nach ihr, nicht mal das, und dann die große Frage, was möchtest du jetzt am liebsten tun, und dann die große Ratlosigkeit, du bist mir maßlos fremd, Gesichtsmaske, ruft also an, um dich zu verlassen, es herrsche Langeweile, sie brauche das nicht, ich bin ja tatsächlich ein langweiliger Mensch, sagt Sören, das gibt's doch nicht, da verlässt die mich, sagt er, und ein Schiff wird kommen, undsoweiter, Beweggründe, nicht wahr, klingt das nicht nach Ewigen Jagdgründen, und ob wir jemals die so genannten wahren Gründe für das Vorgefallene, die Abschiede kennen lernen, ob wir nachdenkend und nachdenkend nicht immer im Tauben irren, ich sage nur Silbersack, sage ich Sören, die glücklichen Stunden im Silbersack, Erna bringt das Bier, halbe Stunde noch, dann Feierabend, ihr Kollege kommt pünktlich, »Wie geht's dir?«, fragt er Erna, »Bei dem Wetter, meine Beine, hör auf!«, und dann dieses ständige Räuspern und Husten, sie habe da was im Hals, was nicht aufhöre, unruhig zu sein, ein nicht runterzuschluckendes Kratzen, ein momentanes Etwas, das so langlebig sei, sie kriege das einfach nicht runter, am liebsten hätte sie es raus, vom Hals weg, aus dem Hals raus, ein dauerndes Hustenmüssen, das auch ihn ansteckt, Maximalraucher, beide, sage ich Sören, finaler Raucherhusten, und beide tun so, als wüssten sie nicht, woher der Husten kommt, zünden sich unfreiwillig lieber gleich wieder eine Zigarette an, husten wieder, sagen, »nein, also wirklich nicht«, husten, Brechreiz, die ganze Palette, da holt er ein Döschen aus seinem Jackett, seinem Reeperbahnkellnerjackett, fummelt etwas Rundes heraus, platziert es vor sie auf den Tisch, nimm die, sagt er, lutschen, sagt er, die ist wirklich gut, sehr gut, geholfen hat die mir allerdings auch nicht, sagt er. Das sind die Momente, wo mir das Herz aufgeht, sage ich Sören. Solche Dinge reißen's raus, für Momente. Da geht einer ungerufen zur Polizei, und das Allererste, was er rausbringt, ist, »Ich verweigere die Aussage«, erzählt Sören. Dabei habe er sich bloß selber anzeigen wollen, hat ein parkendes Auto gerammt. Stocknüchtern. Und erinnerst du dich noch an meine erste und bis heute letzte Mopedfahrt, mit deiner Kreidlermaschine, Kickstart, und dann mit Riesentempo direkt gegen's Scheunentor gedonnert, das war's, mitten im Sommer, die Gänge nicht gefunden, Bremsen allerdings auch nicht. Ich liege in dieser freistehenden Badewanne, in deiner damaligen freistehenden Badewanne, du hattest es immer mit freistehenden Badewannen und frei im Raum schwebenden, mit Seilen an der Decke befestigten Wasserbetten, du kommst rein und fragst mich, ob ich das nicht gehört hätte, ich weiß nicht, wovon du redest. Ich müsse das doch bemerkt haben. Ja, was denn? Das Scheunendach sei soeben eingestürzt. Ja, merkwürdig, habe ich nicht mitbekommen, aber insgesamt ist so einiges in meinem Leben einfach an mir vorbeigegangen, denke ich, sage ich. Ob's an der Herkunft liegt? Der eine erhängt sich, die andere erstickt nach Drogenkonsum, ein dritter stirbt an Krebs, ein anderer an Aids, totgesoffen der Nächste, mit dem Auto gegen den Baum der Übernächste, der eine setzt sich endlich den Goldenen Schuss, der andere besitzt die Kunst des Pulseröffnens, einer verschwindet, zahllose wandern ab in die Psychiatrie, so ist das, DAS ist die Herkunft, das Abhängen der Fahnen ist immer Kunst. Ein Name, der fällt, ein Anruf, der verlässt, eine Reise, die zusammenbringt. Ein nicht aufhörendes Trinken, ein Trinken, das sich nicht einstellt, ein Wasserbett, keine stabile Lage, rückwärts von Hamburg in Hannover hinein, regenhaft, graues Einerlei, ein liebes Wort, heute, von dir, am Telefon, das in mich eindringt, »du bist ganz weich«, stellst du fest, ich bin weich wie

Butter, sagte ich dir, ich bin jetzt langsam auf dem Boden, ob ich dann stehe oder liege, das zeigt sich, sagte ich, das zeigt sich, meine Taschen quellen über von Fahrscheinen, die so genannte Deutsche Bahn quillt über von Menschen, am Freitag, den fünfzehnten November zweitausendzwei rollt ein Zug in die Dunkelheit, auf Frankfurt zu, es ist längst kein Platz mehr, die immerselben Menschen gehen auf und ab, ein Rudeltreiben, eine Ohnmacht, so wird das sein in einigen hundert Jahren, Kontinente verwaist, Kontinente einbrechend, wegsackend, und hier gehen die Menschen auf und ab, vor und zurück, hier herrscht der Verwaiser, nicht wahr, ein Hospitalismus ist das, was in dieser Gesellschaft läuft, ein Schwarzbrot, Hinterherlaufen, eine Dunkelkammer, ein Lachen, »endlich lohnt es sich, Mann und Frau zu haben«, eine Bankrotterklärung, eine fahrende Bankrotterklärung ist das, »warum wacht man auf«, fragt der Sänger, wenn man aufwacht, und feststellt, aufgewacht zu sein, ist es ja schon zu spät, manchmal wacht man auf, niemand neben dir, und doch fühlst du dich ganz und gar nicht allein, da ist noch jemand mit dir, wird allmählich klar, das ist ein gnadenloser Kater, der dir da wieder zugelaufen ist, und der liebt sich auch mehr als du dich selbst. Ein Zug ist immer auch ein Entzug, von dir, aber dieses Gefühl ist vielleicht das Beste, nach dem achten Bier frage ich Sören, ob es nicht vielleicht besser wäre, schwul zu sein, Sören winkt ab, der gleiche Mist, sagt er, die gleiche Zickenscheiße, ruft an, und verlässt mich, wenn du die Kunst nicht hast, hört die Zickerei nicht mehr auf, »wir haben versucht, auf der Schussfahrt zu wenden«, haben wir nicht versucht, wenn du die Kunst hast, dann hast du die Kunst, und wenn die Kunst dich hat, Vorhang

70

auf, Fotzentheater, sagt Udo, und was das eigentlich sein
soll, Depression, ist das nicht ein Begriff aus der Wirt-
schaft?, »bis der Vorhang fällt«, ich gehe über die Grenze,
ziehe in eine Stadt, die mir fremd ist, die zunehmend fremd
wird, die an Fremdheit nicht mehr zu überbieten ist, diese
Stadt besteht in jedem Ziegel, jeder Gasse aus Fremdheit,
hier regnet es Fremdheit, die Freundlichkeit der Menschen
hier ist eine mir fremde Freundlichkeit, die Menschen sind
freundlich hier, und fremd sind die Häuser und Wege,
mich treibt's durch Deutschland, damit mich diese Fremdheit nicht treibt, durch die Geschäfte treibt, die Ämter und
Stempel, fremd ist der Fremde nur in der Fremde, sagt der
Volkssänger, und der Fremde ist auch fremd in diesem Bett,
der Fremde hat einen fremden Ständer, oder keinen, er
steckt seine Zunge in eine fremde Möse, einen fremden
Mund, Arschficken ist vielleicht die einzige Lösung, oder
nicht, der Anmeldungsbeamte nennt sich hier Fragensteller, einer Maske als der andere, was machen Sie eigentlich
beruflich, fragt zum Beispiel Eva, als Ergebnis steht dann in
diesem weißen Anmeldeformular »freier Schriftsetzer«,
finde das nicht unsympathisch, habe aber noch nie was
von frei in Zusammenhang mit Schriftsetzer gehört, also
wegschmeißen den Bogen, dann die Berufsbezeichnung
buchstabiert, nutzt aber auch nichts, firmiere plötzlich als
Firma, ja, mich, gebe ich zur Antwort auf die Frage, ob ich
auch Angestellte hätte, manchmal, zumindest, füge ich an.
Das Ganze führt zu gar nichts. Eine Woche später dann
beim nächsten Fragensteller, der ein ganz anderes Formblatt zum Ausfüllen parat hält. Das parate Formblatt füllt
der Fragensteller nach kurzen Rückfragen an den Kunden
dann gleich und lieber selbst aus. Eltern aus der EU oder

Afrika? EU. Lebt ein Elternteil auch hier? Nein. Sind Sie von hier? Nein, ich bin von da. Aha. Abschließend, für alle Fälle, nochmal den Bogen anschauen. Valentins Lachkabinett ist also hier in die Fragenstellungsanmeldestelle Kreis vier umgesiedelt, hat also hier eine dauerhafte Bleibe gefunden. Auf meinen Hinweis, das Kreuz sei hier an der falschen Stelle, *kein* Elternteil von mir sei aus Afrika, meint der Herr Fragensteller, das sei doch egal, wo das Kreuz stehe, es sei doch eh nicht zu überprüfen, ob ich schwarz oder weiß sei, aha, meine Frau wohne aber auch nicht hier, wie gesagt, aber falsch angekreuzt, da holt der Herr Fragensachverständigensteller ein bisschen weiße Korrekturfarbe, überdeckt das falsche Kreuz, das sei grundsätzlich auch egal, wer wolle das schon wissen, aber für irgendwas muss der Bogen doch da sein, frage ich nach, eigentlich könne man den auch wegwerfen, die Antwort, gibt sich redlich Mühe mit der Korrekturfarbe, kriegt das aber nicht so ganz sauber hin, jetzt wirkt dieser Papierfetzen richtig peinlich, verfummelt, verschmiert, das ist also meine vorläufige Visitenkarte hier, ein verfummelter, falschgekreuzter Schmierzettel, alles falsch darauf, von vorne bis hinten falsch und unbeholfen, der Herr Fragenstellerstellersteller langweilt sich zu Tode, in den Arm müsste man ihn nehmen, »das Leben meint« es nicht gut mit Ihnen«, müsste man ihm sagen, du bist der wahre Bartleby, du bist jetzt schon mein bester Freund, dir gegenüber kann Heimweh gar nicht mehr aufkommen, du bist der Bogenfalschausfüller und Heimatabschaffer, du bist schuld, dass ich jetzt für immer hier blieben, da bleiben möchte, du bringst mir dieses Land ganz nahe, in die Nähe der Schmerzgrenze, durch dich bin ich diesem Land ganz verfallen, so verfallen, dass ich am

72

liebsten sofort wieder ausreisen will, was du da treibst auf dem Bogen mit deiner spitzen Feder, ist fahrlässig originell, das ist schon gar keine Identitätsfrage mehr, das ist schon ein Schritt weiter, gehe mit den Papieren zum nächsten, die Angelegenheit vorantreibenden Amt, und der Amtmann nennt es einen Unsinn und schmeißt es in den Müll. Mannheim. Mannheim scheint irgendwo mittig in Deutschland zu liegen. Von wo du auch startest, du landest in Mannheim. Und schmeißt es in den Müll. »Das ist unbrauchbar.« Meinetwegen. Über das Brauchbare schweigt er sich aus, zunächst. Das Brauchbare stellt sich schon bald als Zaster heraus. Ansonsten sind die Leute freundlich hier. Es gibt nur selbständig oder unselbständig, sagt der Amtmann. Aha. Und das Unselbständige am Selbständigen ist auch gar nicht so selbstverständlich. Es ist eher ein bisschen umständlich. Verschiedene Umstände haben dazu geführt, dass es bezaubernd umständlich ist. Auf Stuttgart zu jagt ein Tunnel den anderen. »Du bist so kompliziert«, sagst du mir. »Wenn wir uns trennen, habe ich nichts zu verlieren. Du bist ein Gewinn«, sagst du mir. Oder habe ich was falsch verstanden? »Ich werde nicht leiden«, hast du gesagt. Na also, doch alles im Lack. Die den Boden erschütternden Beben, die in die Stabillage hereinbrechenden Tumulte scheinen vorüber. Ein gleichmäßig verteiltes Unglücklichsein scheint Raum gegriffen zu haben. Am Morgen schlafen wir miteinander, brechen ab. »Dass Zärtlichkeiten ins Sexuelle kippten, diese Nacht, das hat mich geärgert, wo Berührung allein schon schwierig genug ist, zur Zeit«, sagst du, »aber wie du mich gehalten hast, meinen Kopf, meine Hand, das hat mir sehr gut getan«, sagst du. Unruhe, nicht schlafen können. Beidseitig. Aufwachen.

Aus dem Schlaf hochjagen, erschrocken sein. Darf ich dir sagen, dass ich nicht schlafen kann? Macht es dich schlaflos, wenn ich nicht schlafen kann? Bist du es, die nicht schlafen kann? Fulda, wieder. Leergefegt. Landesstillstand am Sonntag. »In Stuttgart war auch vorher nichts los.« Die so genannte Deutsche Bahn ist eine einzige Entgleisung, immer öfter ab und an, so ein von den Konkreten geklauter Spruch. Und dann, gestern Nacht, deine Nachricht. Am siebzehnten November kurz nach Mitternacht. »Schade, dass du nicht da bist.« Schreibst du. Und vorher: »Liebster, neben mir sitzt Christian: Ich liebe dich, mein Freund! – und ich auch!« Etwas Warmes, etwas Stillendes durchfließt mich, hält an, macht mich glücklich, eine Zauberformel, nicht wahr. Weimar, eine Zauberformel, nicht wahr, und alles muss vorher durch Mannheim, alle Wege führen durch Mannheim, in Mannheim kommt dann Verspätung auf, Deutschland ist zu spät, Deutschland fährt in Mannheim ein, zu spät, und fährt aus Mannheim aus, noch später, in Mannheim erfolgt die Stilllegung Deutschlands, in Weimar die Veredelung der Stilllegung, ich bin ausgerechnet ein Bahnabhängiger geworden, ich fliege durchs Land in einer Art Taumel, hefte meine Augen ans Fenster, schaue deutschfern, »unsere Kanäle sind verstopft«, hast du gesagt, und dann, nachts, diese Nachricht, die ich ersehnte, an die ich nicht mehr geglaubt habe, und wenn das so ist, und wenn du das weißt, und wenn wir das wissen, das müsste doch zu schaffen sein, ich werde für dich sorgen können, denke ich plötzlich, ich könnte für uns sorgen, es ist schön, dieses Gefühl einmal zu haben wieder, »weil er erinnert, und weil er kämpft«, nicht wahr, hinter Weimar dann eine wie ausgestellte Puppenstadt, eine in Dämmerung übergehende Kindheitserinnerung, ein nie betretener Ort namens Bad Sulza, vor Großheringen, man sollte Bad Sulza zum Regierungssitz erklären, Bad Sulza wird Bundespuppen- hauptstadt, Berlin sich selbst überlassen, in Bad Sulza sie- delt aber gar keine Regierung an, Bad Sulza wird zur Regierung erklärt, Kanzleramt und Ministerien werden abgeschafft, und die Frage, was tut sich dann in Deutsch- land, kann mit einem Mal beantwortet werden: nichts. Die Lichter gehen an, die Lichter gehen aus. Und gehen die Lichter wieder an, herrscht Heiterkeit. Leipzig. Was war zwischen Bad Sulza und Leipzig? Ich verbringe mein Leben in Gaststätten und Bars, stelle ich fest, in Hamburg könnte ich mir vorstellen zu bleiben, zöge aber wohl nach einer Woche wieder aus, Leipzig könnte passen, man wird se- hen, man wird sehen, Berlin immerhin denkbar, ohne an Selbstentgleisung zu denken, Stuttgart unvorstellbar, in der Leipziger Volkszeitung macht der Immobilienteil fast die ganze Wochenendausgabe aus, eine Stadt im Ausverkauf, wolkenreich, aber auch Auflockerungen, eine gut klingende Stadt, die auch wohlgestalt dasteht, nicht so breitbeinig wie das immer geliebte München, einmal eine Stadt komplett mieten, und jeden Tag in dieser Stadt anderswo wohnen, jedes Mal ein anderer Mensch sein, der Unterschiedliches vorhat, völlig widersprüchliche Pläne, Dafürhaltungen, es ist wirklich ein Jammer, dass das so nicht möglich ist, eine Multiexistenz ist unmöglich, eine Polyvalenz, einmal Mann sein, und tags darauf Frau, nicht wahr, und sich beide Male zum Kotzen finden, oder bis zur Langeweile entstellt durchschaut haben, Leipzig ist jetzt umgezogen, Leipzig liegt jetzt in den USA, und das täte denen mal gut, warum. Völkerschlachtdenkmal. Völkerdenkmalschlacht.

Denkschlachtvölkermal. Was denn jetzt? Ein auf eine Anhöhe gewuchtetes Monster. Hatte ich mich schon fast entschlossen, in die Naundorfer Straße einzuziehen, spielte ich
zumindest mit dem Gedanken, nach Besichtigung einer
leer stehenden Wohnung mein Zentrum vielleicht in die
Naundorfer Straße zu verlegen, ich werfe einen flüchtigen
Blick in die Zimmer dieser Wohnung in der Naundorfer
Straße, »die Wände müssen aber alle weiß gestrichen werden«, wende ich ein, »jedes Zimmer hat ja eine andere
Farbe, ich gehe aus dem Grün und komme ins Gelb, aus
dem Gelb ins Blau, schließlich ins gegenüberliegende Rot,
das kann niemand aushalten, wenn da keine Identität ist,
da muss man ja ausziehen«, wende ich ein, Ausblick vom
Balkon in eine Gartenanlage, der Garten verwahrlost, aber
vorhanden, Balkon vorhanden, Platz vorhanden, vom
Balkon zurück über Flur und Treppenhaus auf die Straße
zurück, überlegenswert, siebenundneunzig Quadratme-
ter leer, Richtung Straßenbahnhaltestelle »Völkerschlachtdenkmal«, das mich, kaum taucht es auf dieser Anhöhe auf,
diesem Hügel, sofort umbringt, dieses Monster ist sofort
angstbesetzt, sofort ist Angst da, nicht wahr, ich gehe durch
dieses parkähnliche Gelände Richtung Straßenbahn, von
der Naundorfer Straße Richtung Völkerschlachtdenkmal,
das muss man ja mal gesehen haben, denke ich, hübsche
Wohnung, denke ich, da taucht es auf, ein vierschrötiger
Riese, »und wenn Se mal keene Lust mer hom, können Se
sich da ja mal runterstürzen, machen andere ooch, jetzt
habe se da schon Netze drumgespannt«, sagte doch der
Taxifahrer, fällt mir ein, wenn man dieses Völkerschlachtdenkmal, diese Völkerschlachtdiktatur auch nur sieht,
kann man sich schon hinunterstürzen, das Ding reicht

76

dicke, das setzt mir derart zu, dass ich mich mit einem Schild davor stellen möchte, »Milde Gabe für den Abriss des Völkerschlachtdenkmals erbeten«; mit lieben Grüßen an Günter Bruno Fuchs, der sich diesbezüglich der Siegessäule angenommen hatte, dieser Koloss steht also da, diese Pranke, während ringsherum alles zu bröckeln scheint, die Diktatur der Krisenrhetorik, die Zungenrede der Krisis, die wenig erhellende Untergangsstimmung, dieser wanklose, unwankbare Koloss, und ich denke sofort an Psychoanalyse, ich würde gerne herausfinden, was dieser Apparat mit mir zu tun hat, ich meine, zunächst ist da nichts, und dann taucht wie selbstverständlich dieser Hammer auf, der ist aber nicht selbstverständlich, das soll er sich mal merken, in diesem Land ist nichts und gar nichts selbstverständlich, und dieses fesselnde Völkerschlachtdenkmal schon gar nicht, dem ich mich aber nur bis auf fünfzig Meter nähern kann, ich kann es nur umkreisen, umgehen, komme ich zu nahe, saugt es mich ein, nicht wahr, dann werde ich eine Figur seiner Außenfassade, dann bin ich unwiederbringlich ins Völkerschlachtdenkmal eingegangen, hinunterstürzen, ganz klar, man kommt dem Monster zu nahe, wird eingesaugt, Figur auf dem Grund, oder man muss sich augenblicklich hinunterstürzen, was klar ist, kommt man zu nahe. Zeitlebens werde ich da wieder hinmüssen, einmal Völkerschlachtdenkmal sehen und sterben, sozusagen, ich komme über diesen Kasten, diese Unbehausung nicht hinweg, der Gedanke an einen Einzug in die Naundorfer Straße wie weggeblasen, ich zöge dann ja nicht in die Naundorfer Straße ein, ich wohnte ja im Völkerschlachtdenkmal, ein solches Monument, und es wäre mal ein Monument der Liebe, stell man sich mal vor,

77

es ist aber ein Monument des Untergangs, es ist ein Mahn-
ekel, davor der Caran d'Ache komplett versagt, so ein
kleiner Kugelstift, so ein Riese, nicht wahr, so ein Völkerschlachtdenkmal ist keinem zu wünschen, die Erfindung
Freuds geht auf das Völkerschlachtdenkmal zurück, wenn
ich dir sagen würde, ich widme dir das Völkerschlachtdenkmal als Ausdruck meiner Liebe, da muss man ja erschrecken, zurückweichen, zusammenbrechen, wie unerträglich muss alles sein, dass, wenn es vorbei ist, vorbei zu
sein scheint, ein solches Monster aus dem Boden wächst,
aus der Taufe gehoben wird, da wird das Unerträgliche mit
Unerträglichem totgeschlagen, und mir fällt sofort Psychoanalyse ein, jetzt reicht es aber, endgültig reicht es jetzt, sage
ich mir, in den Zügen fallen die Heizungen aus, obwohl es
Winter wird, es wird Winter, sehe ich, ein langsam durch
Frankreich rollender Zug, in dem es immer kälter wird,
das Völkerschlachtdenkmal ist an der Verspätung der Züge
schuld, es fährt in den Zügen mit, es wiegt schwer, es sorgt
für eine pünktliche Abenddämmerung, draußen fallen die
Lichter aus, in den Zügen wird es kälter, die Heizung
ist ausgefallen, man sollte den Pullover aus dem Koffer
holen, ich finde meinen Koffer aber nicht, ich könnte alles
hergeben und auf Neustart gehen, Kälte zieht die Beine
hinauf, das Völkerschlachtdenkmal hüpft durch Frankreich, Schattenrisse einer Stadt, spärliches, ungleichmäßig
verteiltes Licht, könnte ich mich jetzt damit abfinden, nicht
mehr mit dir zusammen zu sein, könnte ich das, könnte
ich kommen, auf Wiedersehen zu sagen?, kommen, um zu
gehen, sozusagen, wäre es besser, übereinander herzufallen,
auf der Flucht, Sie befinden sich auf der Flucht, das
Völkerschlachtdenkmal befindet sich nicht auf der Flucht,

es ist das elterliche Schlafzimmer, der massiv zu Boden ge-
stürzte Name, das Völkerschlachtdenkmal macht jetzt mal
eine Welttournee, so kalt, im Zug, bin ich der Kübelreiter?,
das Völkerschlachtdenkmal heiratet die Loreley, beide be-
schließen, an die Elbe zu ziehen, »Sie müssen abwarten,
nichts überstürzen«, verlassenes Haus scheint tief zu sitzen,
wer stets ein verlassenes Haus mit sich schleppt, geht leer
aus, in einem verlassenen Haus in einer Schlange sitzen,
Trier übrigens fünfzig Jahre zu spät, Völkerschlachtdenkmal und Porta Nigra schließen sich aus, Porta Nigra lässt
Trier fünfzig Jahre zu spät sein, so etwas in der Stadt zu
haben, ist nicht ungefährlich: Die Porta Nigra wird's schon
richten, denkt man in Trier vielleicht. Dauernd aber muss
man die Porta Nigra richten, die schon allerorten bröckelt,
das Altertum fällt ab, und das abgefallene Altertum wird
Stück für Stück, Zentimeter für Zentimeter, durch Neuzeit
ersetzt, nichts zu essen, und immer kälter wird es im Zug,
ist eine Art Ruhe eingekehrt, zwischen uns?, wir sprechen
offen wieder über Kinder, halten wir es nur miteinander
aus, wenn wir getrennt sind?, und kaum kommen wir zusammen, herrscht Stockfluss, Stachelhaut, Argwohn aber
nimmt ab, was meinst du, hat der Argwohn abgenommen?,
Frankreich in Dunkelheit, orange Straßenbeleuchtung,
Schlachtvölker, jetzt setzt das Frieren ein, es herrscht
Durchzug im Land, etwas durchzieht das Land, und was
das ist, einen Platz in der Kälte reserviert, und draußen
Zeitlupe, kommt also ein Brief von der Meldebehörde,
haben mitgeteilt bekommen, Sie seien weg, wenn dem tatsächlich so ist, schreiben Sie bitte in das Formular, dass
Sie weg sind, wenn Sie aber nicht weg sind, teilen Sie uns
bitte schriftlich mit, dass Sie nicht weg sind, denn so oder

so bin ich im Hiersein ja eher fürs Wegsein, und ob ich hier bin oder da, ist von da aus nach hier, und von hier aus nach da gleich weit weg, Post also komplett zurück nach da, wo ich nicht hier bin, damit ich da nicht ganz weg bin, obwohl ich selber gar nicht weiß, ob ich nicht weg bin, auch wenn ich da bin, servus, eigentlich braucht man Post gar nicht, Post ist Umweltzerstörung, stapelweise Formexistenzielles. Liebesbriefe gibt es ja kaum noch. So ein Liebesbrieferlebnis ist ja eine den Tag beschäftigende Aufwühlung, die sich unter Umständen in den nächsten Tag, ins nächste Kalenderjahr hineinzieht. Man sollte also zur Post gehen und sagen, bitte schicken Sie mir nur noch Liebesbriefe, sollten welche da sein, stellen Sie mir also bitte nur noch die Liebesbriefe zu, Rechnungen und alles Sonstige bitte in den posteigenen Recyclingcontainer, man wird Jahre warten, man könnte ja einfach zu Hause sitzen, und niemand hat eine Ahnung davon, wo das ist, zu Hause, und täglich wartet man auf einen Liebesbrief, man verlässt das Haus nie, und niemand weiß, wo das ist, das Haus, und täglich wartet man vergebens, täglich wundert man sich, dass keiner kommt, dass kein Liebesbrief kommt, ich bin die letzten Male nicht mehr in dir gekommen, unentschiedene Kinderfrage, Unentschiedenheit allgemein vorherrschend, aber auch nachlassender Elan, Völkerdenkmalhaftigkeit, möchten Sie lieber das Völkerdenkmal oder die Loreley sein?, kommen Sie gerade an, oder gehen Sie bereits wieder?, bei unserer ersten Begegnung habe ich dich gesiezt, du hast mich geduzt, sofort war alles andere ausgeblendet, wir haben uns in die Augen geschaut, und standgehalten, und jetzt, nach Monaten erst, erst nach Monaten, werden wir da standhalten?, Hamburg ist erst eine Woche her, es sind Jahre, was möchtest du am liebsten tun?, ich verstehe die Frage nicht, früher habe ich mal getestet, ob ich dauernd an Sex denke, kam aber auf keinen grünen Zweig, indem ich mich nämlich fragte, ›denkst du gerade an Sex‹, dachte ich natürlich gerade an Sex, weil ich mich ja fragte, ob ich gerade an Sex denke, das Nicht-an-Sex-Denken wurde also nach links und rechts durch die Frage, ›denkst du gerade an Sex‹, unterbrochen, ich weiß auch gar nicht, was das ist, Sex, man sollte da aber nicht zu differenziert drüber nachdenken, zu viel Nachdenken hat mit Sex nichts zu tun, ich denke manchmal, dir das kommende Alter anzusehen, wie du langsam alt wirst, anzusehen, könnte hier in diesem Zug jemand mal das Licht ausmachen, und mir ein Bier bringen, wenn es schon nichts zu essen gibt, meine Hände altern ohne Dazutun, mein tagtäglich mühsam in Bewegung gehaltener Körper, nicht wahr, das Wegaltern, man schaut sich im Spiegel das Altern an, immer ist es zu hell, selbst wenn es dunkel ist, ist es zu hell, Licht kann das Allerschlimmste sein, sehet den Nacktmull, er ist blind, zeugt aber trotzdem Kinder, immer ist es zu hell, selbst wenn es stockfinster ist, ist immer noch etwas zu sehen, und dann, hinter Mulhouse, Vollmond, ich dachte, ich hätte es hinter mich gebracht für heute, Nebelschwaden zittern vorbei, da prankt Vollmond durchs Fenster, ich möchte Vollmond beschreiben wie noch niemand zuvor, komme aber immer nur bis ›Vollmond‹, es ist dermaßen Vollmond, dass ich schon die Wölfe heulen höre, das Völkerschlachtdenkmal bei Vollmond, dieses in Vollmond getauchte Monster, der Völkerschlachtdenkmalhund, ich würde in die Knie gehen, das wäre ein Lebensschrecken, ein Vollmondvölkerschlachtdenkmal, ein Vollschlachtmondvölkerdenkmal, ein Schlachtmondvölkervolldenkmal, ein Triebstau, ein Vollmondvölkerschlachtdenkmalhund, meine Füße zwei Klumpen Eis, Vollmond ist keine Frage der Altersvorsorge, »und mit diesem unverhofften Mondschein sieht man fast wie am hellen Tag«, lese ich beim alten Franzosen, und dann, hinter Mulhouse, durchs Fenster greifbare Stirn, ein Vollmond ist nicht einfach nur ein Mond, nicht einfach nur ein anderer Mondzustand, ein Vollmond ist der ganz andere Mond, eine eigenständige Mondfassung, und dann, hinter Mulhouse, letzte Ausfahrt Heimat, nicht wahr, mit der Luft der alten so genannten Heimat, durch diese alte so genannte Heimat hindurch in eine neue so genannte Heimat hinein, und wo ein so genanntes Heimatgefühl geblieben ist. »Ich hab die Heimat längst schon satt …«, sagt Sergej. Ach ja, lieber Hooligan, tatsächlich? Und was hast du sonst noch auf Lager? Neunzehnhundertzweiundzwanzig etwa folgende Frechheit: »Los, Harmonika, wimmer. / Alles ist fad. / Und du sauf mit mir, Flittchen. / Sauf, ̇ hab ich gesagt. // Durchgeknutscht bist du, zerpimpert – / Kotzt du mich an. / He, was gaffst du aus blauen Plinkern. / Willst du paar in die Fresse haben? // Du gehörst in einen Garten gerammt, / Vogelscheuche. / Warum bin ich so heillos verrannt / In dich Seuche. // Wimmer, Harmonika, wimmer. / Und du sauf, Vieh. / Dort die, schön dumm und Mordstitten – / Warum nicht die? // Bist nicht meine erste, / Von euch gibts viel. / Aber so eine Bestie / Hab ich noch nie … // Ob die oder jene – / Die mich schleift, macht mich scharf. / Ich den Strick nehmen? / Ha, kein Bedarf. // Mit uns zwein hats ein Ende! / Kannst mich, kreuzweis! / Ich und flennen? Ich flenne. / Verzeih. Du, verzeih.« Ist das eine Frechheit? Na,

am Ende flennst du wenigstens. Durchs Fenster greifbares
Flennen. Bin ich das? Bitte ich etwa um Verzeihung? Bin
ich heillos verrannt in dich Seuche? Der Rest ist Literatur. Oder? Ist es umgekehrt? Tränen des Vaterlands, etwa?
Neunzehnhundertzweiundzwanzig? Der du dich in Berlin
nicht gerade beliebt gemacht hast, der du, Lockenkind,
Knabe mit dem holden Haar, in Berlin brav randaliert hast,
nicht wahr, einfach jemandem in die Fresse gehauen, weil
ihm ein Gedicht nicht gefiel, das aus deinem Munde kam.
Ich meine, der alte Däne hat, nach dem Flittchen, die
Vogelscheuche nicht in den Garten gerammt, er hat ganz
einfach nur ein Buch geschrieben, darin jemand nicht
wirklich liebt, sondern bloß Sehnsucht nach ihr hat, nicht
wahr, »die mich schleift, macht mich scharf«, stimmt, aber
nur bis zu einem gewissen Grad, nicht wahr, dann reichts,
heillos verrannt in die Seuche, in deiner Heimat, Hooligan,
kennt jedes Straßenkind deine letzten Zeilen, neunzehnhundertfünfundzwanzig, der Strick war einfach zu dünn,
mit dem Kopf gegen den Heizkörper geschlagen, schleppst
du dich samt Platzwunde ins Bad, in die Wanne, Pulsadern,
dann ein Blutgedicht, nicht wahr, an den Freund, »auf
Wiedersehen«, »es verspricht ein Treffen anderwärts«, hof-
fen wir doch alle, dann aber jene beiden Schlussverse, nicht
wahr, »sterben ist nicht neu in diesem Leben, / doch auch
leben ist nicht grade neu«, dann weggesackt, Motor kaputt,
finaler Torso, neunzehnhundertfünfundzwanzig, »wer geliebt hat, kann schon nicht mehr lieben, / wer verbrannt ist,
kommt nicht mehr in Brand«, und wo genau nochmal ist
diese Stelle mit der Selbstliebe, »alles verflogen … vorbei …
und vorüber …«?, einen ganzen Tag suche ich nicht dich,
einen ganzen Tag suche ich diese Stelle, dieses Auftauchen,

83

diesen Augenschein, diesen Trost, diesen Schneesturm, das ganze Buch ist aufgeschwellt, durchwühlt, und dann nehme ich, was plötzlich deutlich vor Augen steht, ganz trocken mit in den Traum: »Mit mir selbst zu Rande komm ich nimmer, / mir, den ich liebe, / bleib ich ewig fremd.«

Was außer Streit ist uns geblieben? Ob ich zu einem Mord fähig sei, fragst du. Ja, sagte ich. »Du hast jeden Verdruss ins Gegenteil verkehrt.« Kann ich von uns nicht behaupten. Schnelle Schnitte. Glück und Trennung in flüchtiger Folge. Wackelkontakte. Bei uns ist der Wurm drin, meintest du. Du hast keine Wärme, grundsätzlich keine Wärme, stellte ich in den Raum. Du gehst sofort die Decke hoch. Sagst du das, weil ich heute Morgen nicht mit dir gebumst habe, fragst du. Ich meine das grundsätzlich, wiederhole ich. Kaum, dass du eine Umarmung zulassen kannst, so warmlos bist du, das miteinander Turteln von Christian und seiner Freundin im Restaurant, das du fast mit Ekel registriert hast, nicht wahr, »aber sie sind ja verliebt«, hast du noch angefügt, nein, du hast keine Wärme, du bist auf deine intelligente Art verklemmt, und bieder, du sehnst dich nach Umarmung, du haust vor ihr ab, das wirkt alles so antrainiert, kaum habe ich mich der Stadt genähert, an Vollmond vorbei, ging es mir schlechter, auf dich zu, ist es mir immer schlechter gegangen, habe ich dir gesagt, und damit sofort die Stimmung liquidiert, wir sind ein doppelläufiger Exekutionsausschuss, wir liquidieren uns; wir fangen an, uns zu zerfleischen, hast du gesagt, ich schlage getrennte Betten vor, wir sollten nicht mehr miteinander bumsen, schlage ich vor, miteinander bumsen, nicht miteinander bumsen, alles falsch, ist mir sofort klar, ja, selbstherrlich bist du, wie ich, zwei Stur-

84

köpfe, die das Verhängnis hatten, sich ineinander zu ver-
lieben, »ich möchte ein Kind, aber ob ich es von dir
möchte, weiß ich nicht mehr genau«, schlägst du vor, du
wirst nachdenken, über die Frage, ob wir uns nicht besser
trennen sollten, stellte ich in Aussicht, diese Frage, ob oder
ob nicht, die schon längst keine Frage mehr ist, das ist nur
noch eine Scheinfrage, ich weiß auch gar nicht, ob wir noch
zusammen sind, merkwürdigerweise, wie soll man das wissen, vielleicht wissen das ja andere, ich weiß es jedenfalls
nicht mehr, sind wir eigentlich noch zusammen?, habe ich
dich gefragt, deine Antwort, fast philosophisch, »das ist
eine gute Frage«, ich ertrage deine Art nicht, war mir plötzlich ganz und gar klar, deine Art geht mir dermaßen an die
Nerven, deine Nichtwärme, gestellte Souveränität, gestelz-
te, dein Anerkanntwerdenwahnsinn, und ich schicke noch
hinterher, wie schwer es mir fiele, andere anzuerkennen, du
der Vater, ich deine Mutter, deine Unzuverlässigkeit mar-
tert mich, und es ist immer ich, wenn ich du sage, unsere
Liebe ist ein Zug im Stillstand, erst sind wir bewusstlos
eingestiegen, dann können wir nicht mehr raus, wegen
Bauarbeiten, heißt es nach Frankfurt, alle Türen verschlos-
sen, Waldlichtung, vor Fulda, ja, Fulda, letzte Ausfahrt
Heimat, Funkloch, Bauarbeiten, den anderen innerlich
kleiner machen, abbauen, ich rufe in einer Stunde an, sagtest du, natürlich rufst du nicht an, höchstens Stunden
später, so ist das, deine Art geht mir dermaßen auf die
Nerven, dass ich, ob wir uns nicht besser trennen sollten,
fragte ich, ich meine, was haben wir denn verloren, wenn
wir zusammenblieben, die heruntergekommensten Platt-
heiten fallen mir ein, du bist wie alle Frauen, stehst immer
vor dem Spiegel, schlägst um dich, wenn nichts zu sehen

ist, wenn's matt ist, nicht deinem Selbstbild entspricht, und ich sage dir ausgerechnet noch, ›ich liebe dich‹, und würde das nicht stimmen, hätte ich wenigstens gelogen, es ist aber keine Lüge, es ist dilematisch, fortschreitende Räude, mir sträuben sich die Haare, wenn du in meiner Nähe bist, dass ich mich nicht aushalte, dass ich mir selbst das Schlimmste bin, nicht wahr, das ist doch die Wahrheit, dass derjenige, der hier ich sagt, das Schlimmste ist, dieses Bahndeutschland hängt mir auch langsam zum Hals heraus, Deutschland wankt, hört man jetzt überall, da stürzt was ab, hört man, vom Zug aus wirkt Deutschland stillgelegt, Wankdeutschland, wegen Inventur geschlossen, unbewohnt, Inventur dauert fünf Jahre, danach heißt Deutschland Neuland, Niemandsland, man hat vergessen, wie diese Stadt gerade heißt, jene, keine Ahnung, wo Deutschland steht oder liegt, keine Ahnung, die Geschichtsbücher werden neu geschrieben, die Geschichte nicht, »wennabereinmalderkrieglanggenugausist/sindallewiederda./oderfehlteiner?«. Nein, keiner. Und man feststellt, dass ein gewisses Drittes Reich so die Selbstlöschung der Erinnerung überlebt hat, Städtenamen ausradiert, Landkarte unmöglich, nur Ländergrenzen exakt vermessen, im Land eine amorphe Stadtmasse, ein Aufgequollenes, ineinander Übergehendes, man tritt aus dem Schatten von Nichtmehrberlin und setzt seinen Fuß direkt in die Alpen, man stürzt die Alpen hinab direkt in die Ostsee, man steigt aus der Ostsee und ist in der Fußgängerzone von Nichtmehrmünchen, Fußgängerzone, ein sehr trauriges Wort, als Tatbestand eine Zumutung, dein Lippenstift, deine Wimperntusche, du hast keine Wärme, das wird dich den Kragen kosten, dein Lippenstift, wir küssen uns nicht mehr, hast du bemerkt, dass wir uns

nicht mehr küssen, Küssen ist intimer als Bumsen, Bumsen
habe ich auch eingestellt, ich stelle mir einen anderen
Körper vor, der mir besser tut, so sagt man doch, war ich
das?, habe ich das zerstört?, dabei müsste man nur die
Richtung ändern, etwas locker lassen, verlustangstfrei, ein
Waldbrand, hinter Fulda, Rauchschwaden, Nullempfang,
du machst die Gestrenge, bist aber weich wie Butter, du
willst da so eine Art Programm durchziehen, kriegst es
dann doppelt zurück, abserviert, kaltgestellt, ist das so?,
und ewig lockt die Ehefrau, und über die Felder flieht das
Wolkenlicht, und über die Felder fliegt, du bist unumarm-
bar, dein besserwissender Mund, dein Lippenstift, deine
Ungeduld, dein Ausderhautfahren ist zum Ausderhautfahren, jede Selbstverständlichkeit ist uns abhanden gekommen, ach Deutschland, deine Wintergänse, du bist ein
kleines Kind, du bist eine alte Frau, das schlingernde Schiff,
das wir sind, sollte man langsam mal aus dem Wasser
ziehen, das Schlingern, Weimar, ich meine, warum nicht
Weimar, man hört so gar nichts mehr von Weimar, nicht
wahr, Herr Geheimrat, nachdem die Bande da verschwunden ist, gerissen, hört man nichts mehr von Weimar, oder
hört noch jemand etwas von Weimar, um Weimar herum
Totenstille, das Wort Totentrompete ist lauter als das, was
man von Weimar hört, nichts hört man mehr von Weimar,
Funkstille, zwischen uns keine Funkstille, aber auch keine
offene Kriegserklärung, »unsere Beziehung«, ach du liebes
bisschen, was ist das denn für ein Wort, das klingt ja nach
Mathematik, also, in diese Maisonettewohnung werde ich
jedenfalls nicht einziehen, wer dachte, das Völkerschlachtdenkmal wäre ein für alle Mal erledigt, sieht sich jetzt
getäuscht, hier ist es wieder, das Völkerschlachtdenkmal

87

hat einen derart ausufernden, fesselnden, einschnürenden Bannkreis, da ist diese schöne Maisonettewohnung völlig ausgeschlossen, weil sie in den Bannkreis des Völkerschlachtdenkmals eingeschlossen ist, von der großen Terrasse schaut man über ganz Leipzig, Leipzig ausgeschlossen, denke ich, kenne außer dem Völkerschlachtdenkmal niemanden dort, und auch dem kann ich mich nicht nähern, dich stört meine Anwesenheit in deiner Wohnung, mich stört deine Anwesenheit in deiner Wohnung, bist du anwesend, stört mich meine Anwesenheit in deiner Wohnung, ich meine, der Fall ist doch klar, würde es dich nicht geben, wäre alles einfacher, ohne mich wäre alles einfacher, die Wärme, verstehst du, dir fehlt die Wärme, die muss dir mal abhanden gekommen sein, oder habe ich sie abgelöscht, verdampfen lassen, gestern, der Nudeltopf, offene, starke Flamme, glühende Henkel, Griffe, und ich lang die an, schaukel die Nudeln im Wasser, weiß nicht wohin, den Topf fallen lassen?, zurück auf den Herd?, eine schmerzhafte Unentschlossenheit, die Brandblase am rechten Zeigefinger mittlerweile so groß, dass ich den Caran d'Ache zwischen Mittel- und Ringfinger halten muss, der kleine Finger hat keine Aufgabe, der heißt nur kleiner Finger, eine Burg, in der Dämmerung, vor Leipzig, wir nähern uns wieder dem Völkerschlachtdenkmal, ich komme über das Wort nicht hinweg, wegen dem Völkerschlachtdenkmal, dem Wort, musste ich das Land verlassen, der Nudeltopf, ein heruntergefallener Name, das Bartloch an der linken Wange wächst wieder zu, sagte ich dir, was du bestätigt hast, in der Straßenbahn, diese Ausstellung, eine Straßenbahnfahrt ist eine fahrende Ausstellung, eine Gesichterausstellung, in völliger Starre fahren Leibhaftige von

88

diesem Ort, den sie ›zu Hause‹ zu nennen sich haben
überreden lassen, zu einem Ort, den sie ›Arbeit‹ zu nennen
sich haben überreden lassen, der ihr tatsächliches Zuhause
ist, und während der Fahrt von diesem sogenannten
›Zuhause‹ zu ihrem tatsächlichen Zuhause erproben sie die
Leichenstarre, nehmen entsprechende Haltung an, stellen
nach Jahren dieses Hin- und Herfahrens, dieses unabän-
derlichen Pendelns zwischen diesem auseinandergerisse-
nen, auf zwei Orte verteilten Zuhause fest, dass da wenig
Variation ist in der erprobten Leichenstarre, dass das dann
ja wohl keine Täuschung ist, dass das dann wohl tatsächlich die Leichenstarre ist, die endgültig anzunehmen sie so
langsam auch verdient zu haben meinen, wenn das Loch
wieder ganz zugewachsen ist, gehe ich, sagte ich dir nicht,
dachte ich, ist das Loch wieder geschlossen, werde ich dich
verlassen, kaum bin ich über die Grenze, kaum haben wir
einen so genannten schönen Sommer, erscheint dieser
kreisrunde Haarausfall auf der Wange, warum nicht Paris?,
und jetzt, am fünfundzwanzigsten November zweitausendzwei, um exakt sechzehn Uhr und siebenundzwanzig
Minuten, fällt der Nebel ein, es ist ein dampfender Nudeltopf, da draußen, auf Leipzig zu, jeder Reiseführer ›Leipzig‹
handelt ausschließlich vom Völkerschlachtdenkmal, jeder
sollte zu Hause ein Völkerschlachtdenkmal haben wie einen Tempel, Taucha, weg da, Deutschland, ein Suppentopf,
und der Kanzler der Schöpfergott, die Schöpferkelle, der
Suppenschöpfer, der Auslöffler, im Trüben gefischt werden
muss, ich meine, ich habe dir den Atem abgeschnürt, was
ist das bloß, dass ich plötzlich wieder Atem habe, kaum bist
du ausgezogen, dass du aber nicht nach Leipzig, sondern zu
dieser Frau gezogen bist, nicht wahr, undsoweiter, die

Rückenschmerzen, wie weggeblasen die Rückenschmerzen, was ist das bloß, dass ich keinen Atem habe, kaum schleppe ich mich fünf Stockwerke hoch, jetzt laufe ich wie ein junges Reh, die Rückenschmerzen, keine Spur, wir haben keinen Umgang, das ist es, was wir nicht haben, Umgang, wir haben keinen Umgang. Unter den Mösen sind Strafgöttinnen auch, die dich begeistern. Schreib! Nicht ärgere Wut kann ich dir wünschen! O schreib!, miteinander umgehen, das können wir nicht, wir haben nicht gelernt, miteinander umzugehen, nicht wahr, der Umgang, das ist ja die Grundvoraussetzung für alles, was sich für Liebe hält, mein Umgang reichte wohl nur für Deutschland, außerhalb Deutschlands reicht mein Umgang anscheinend nicht, einen grenzenlosen Umgang habe ich wohl nicht, der Umgang ist ein Alphabet, das ich nicht ganz entziffern kann, es ist ein Defekt, nicht ganz ausgeleuchtete Stellen, Unruhe, flackernde Hitze, es ist ein Verharren auf den entzifferten Stellen, den gelesenen Zeichen, ein Buchstabenstarren, ein Wiederholungszwang, ein heruntergefallener Name, es findet keine wechselseitige Unterordnung unter den Umgang statt, es ist kein Umgang unter uns, und ich mit allem bei dir, die Grenzüberschreitung ein Fehltritt, mittlerweile macht es mir fast nichts mehr, wenn du nicht anrufst, fast angenehm, dich nicht zu hören, hören wir uns, ist da sofort ein Unterton, da lauert etwas Untertöniges, Hintergründiges, ich meine, oft ist etwas Verqueres in der Stimme, etwas Fehlendes, das zu viel ist, ein Etwas an Zuviel, das da ist, weil es nicht da ist, wir haben keinen Untertonumgang, ich meine, unserem Unterton mangelt es an Umgang, und unser Umgang hat einen Unterton, einen, der da nicht hingehört, wenn ich mich klar und deutlich ausdrücken kann, so ist schon viel gewonnen, wenn ich mich nicht klar und deutlich ausdrücken sollte, ist nicht alles verloren, das Biedere an dir ist das Starkseinwollen, das angelesene Frausein, eine Selbstbeerdigung, wenn ich das sage, ich meine, wo soll eine Frau das Frausein denn herhaben, wenn sie es sich nicht angelesen, wenn sie es nicht nachgelesen, nachgeschlagen hat, eine Katastrophe, das zu sagen, ein Selbstuntergang, von den Männern ganz zu schweigen, ich meine, mir ist das ja plötzlich weggerutscht, das so genannte Mannsein, hallo, wo bist du, rufe ich ihm bis in den Keller nach, einen Hochkriegen, das kann es doch beileibe nicht ganz gewesen sein, was Mannsein heißt, ein Feuchtwerden, das kann es doch beileibe nicht sein, was Frau ist, da müssen wir zeitlebens durch, ich meine, vielleicht nicht ganz zeitlebens, warum sehen eigentlich so viele Frauen ab vierzig aus wie in den Kleiderschrank gehängt, einen ausrangierten Kleiderschrank, ein Verbrechen, das zu sagen, von den Männern ganz zu schweigen, warum. Es ist noch nicht ausgemacht, ob die Frau am Mann, oder umgekehrt, der Mann an der Frau schuld ist, ist noch nicht entschieden, oder umgekehrt. Wir halten aneinander fest, weil. Wie du die Handtasche schwingst, dein dir über alle Maßen wichtiges Aussehen, deine Spiegelpirouetten. Wir sind uns dermaßen fremd, dass es kracht. Du denkst so genannterweise langfristiger. Ein schier unendliches Wort. Schier ist hässlich. Aber so ist das vielleicht, und es ist bisher an mir vollständig vorbeigegangen, langfristig weiblich, hier und jetzt direkt männlich. Ist das so? Stolzierende Leichen. Wie Chromosome sind die Toten aufgereiht. Und dann, am fünfundzwanzigsten November zweitausendzwei gegen

dreiundzwanzig Uhr. Eine mobile Kurznachricht. »Meine
Nummer lautet (...), wenn du mich sprechen magst«,
schrieb ich dir, in Leipzig sitzend, das Neue Rathaus im
Blick, ein bisschen Bier im Körper, am Morgen bin ich
grußlos abgereist, hatte die Nacht allein auf dem Sofa verbracht, den Abend in einer Bar, fünf Minuten später geht
das Telefon, eine novemberlaue Leipziger Nacht, allein, vor
dem Fernseher, mit Blick auf das illuminierte Neue Rathaus draußen wie Filmkulisse, dicht über den Boden glei-
tendes Laub wie Mantas, klingelt das Telefon, das Fenster
halb offen, und es ist nicht kalt, am fünfundzwanzigsten
November zweitausendzwei gegen dreiundzwanzig Uhr
klingelt das Telefon. »Wie war dein Tag.« »Wie war dein
Tag.« »Bin seit ein paar Minuten im Hotel.« »Aha. Ich war
eigentlich ganz froh, deine Stimme nicht zu hören.« »Hättest ja nicht anrufen brauchen.« »Wenn du so eine Botschaft schickst, muss ich anrufen.« »Von der Botschaft ging
kein Zwang aus.« »Lassen wir das.« Stolzierende Leichen,
so kommen du und ich mir vor, stolzierende Leichen. »Tu
doch nicht so, als sei nichts gewesen, wir können doch
nicht so tun, als sei nichts gewesen, war ja allerhand was,
und jetzt erzählst du einfach von deinem Tag heute, als
wäre nichts gewesen, rufst mittags an, was mich freut, du
seist ein Depp, deine Aktion gestern mit dem Weggehen,
auf dem Sofa schlafen, grußlos die Wohnung verlassen.«
»Das hab ich nicht vergessen, man muss aber nicht immer
nur über unser gegenseitiges Fehlverhalten reden, oder?
Unsere so genannte Beziehung besteht nur noch aus dem
Sprechen über diese so genannte Beziehung. Ein einfaches
Gespräch führen, das ist für uns völlig unmöglich.« »Ich
kann aber nicht so einfach reden, ich kann aber nicht so

92

tun, als sei nichts gewesen, da ist doch was im Busch, das merken wir doch.« »Was schlägst du vor?« »Größtmögliche Freiheit für jeden!« »Klingt ja wie eine Parole. Wie soll die aussehen, die größtmögliche Freiheit?« »Kommst du eigentlich morgen zurück?« »Was soll die Frage, das war doch klar, oder?« »Was ist mit der Wohnung in Leipzig, du wolltest dir doch eine Wohnung suchen. Vor Wochen habe ich dir doch gesagt, such dir doch auch eine Wohnung in Leipzig, du solltest dir in Leipzig eine Wohnung suchen.« »Ich lass mir von dir nicht vorschreiben, was ich machen soll.« »Du kannst hier so nicht bleiben. Es wird immer schlimmer. Wir zerfleischen uns.« »Ich denke darüber anders. Wir sind völlig im Grundwasser angekommen. Ich denke, Berlin, nicht Leipzig.« »Wieso Berlin, was ist mit Berlin?« »Wenn, Berlin, nicht Leipzig.« »Und dann?« »Mal sehen.« »Ah, du willst das mal so antesten. Das soll wohl ein Spiel sein. Gleichzeitig redest du davon, dich hier ganz niederzulassen, anzumelden.« »Ich habe gesagt, vielleicht reicht es mir irgendwann, und ich gehe endgültig über die Grenze, melde mich komplett an.« »Also wegziehen und hier anmelden gleichzeitig, oder was?« »Anmelden heißt, da muss vorher einiges klar sein.« »So? Was denn?« »Scheidung, du und ich sind versöhnt und zusammen. Geklärt.« »Bitte?« »Bitte was?« »Kannst du das nochmal wiederholen?« Du kochst, der Nebeldampf aus Leipzig hat über die See deine Wohnung erreicht. »Was soll ich wiederholen?« »Was du eben gesagt hast.« »Was gesagt?« »Herrgott! Das mit der Anmeldung!« »Was war daran nicht zu verstehen?« »Ich will's einfach nochmal hören.« »Warum?« Der Topf explodiert. »DARUM!« »Anmeldung bei dir, mit Haut und Haar, bedeutet, ich bin vorher geschieden, wir beide sind versöhnt zusammen.« »So geht das nicht. Du kannst hier nicht bleiben. Du musst dir auch eine Wohnung in Leipzig suchen, dann sind wir freier.« »Aha.« »Was aha?« »Nur aha.« »Mehr fällt dir dazu nicht ein?« »Doch.« »Und was?« »Berlin.« »Wieso Berlin? Scheiße nochmal.« »Ich denke, Berlin ist besser.« »Besser wofür?« »Für mich.« »WAS?« »Besser für mich, Berlin ist besser für mich.« »Du redest mal so, mal so.« »Die Stimmung ist mal so, mal so.« »Das kann so nicht weitergehen.« »Das sehe ich auch.« »Was schlägst du vor?« Langsam sind wir mitten drin in einem Verhör. Oder sind wir schon von Anfang an mitten in einem Verhör, verhören wir uns?, ist uns der Argwohn über den Kopf gewachsen, ist der Argwohn ein inneres Organ? Schweigen. »Was schlägst du vor?« Mir fällt nichts mehr ein. »Wie willst du das regeln? Das geht hier in der Wohnung so nicht mehr.« Hast du das nicht schon zur Genüge gesagt? Etwas jagt in mir. Dieser eigenartige Druck auf den Schläfen, es wäre besser, wenn dieser Druck auf den Schläfen nicht da wäre, ein kurzer, starker Anreiz, ein gerade noch abzufangender Impuls, das Telefon aus der Wand zu reißen und sofort aus dem Fenster zu schmeißen, das Mahlen der Kiefer, am sechsundzwanzigsten November zweitausendzwei um neunzehn Uhr und eine Minute steht die Uhr auf dem Bahnsteig still, ist einfach stehen geblieben, mir scheint, es fehlt mir ein bisschen an Atem, ich muss mal kurz Luft holen gehen, da ist eine harte Enge hier, in mir ist es eng, das Zugabteil fast leer, alle ausgestiegen, mal in die Waggontür stellen und Luft holen, ein Zug in die falsche Richtung, du fragst und fragst, es kommt nicht raus aus mir, Luft holen, nicht wahr, es muss an der Luft liegen, was wollte ich sagen?, plötzlich ist das so fremd, dieser Apparat am Ohr, dieser an einer Schnur hängende so genannte Hörer, ich kann plötzlich mit diesem Gerät überhaupt nichts mehr anfangen, was soll ich mit dem Teil machen, vielleicht einfach gegen die Wand hauen, was ich vorschlüge, »Was schlägst du vor?«, am Tag danach hast du eine kurze Nachricht geschickt, »Lieber, erreiche dich nicht. Wie fühlst du dich? Meldest du dich bitte? Ich habe nachgedacht und hab einen Vorschlag. Deine.« Hatten wir nicht mal von Kindern gesprochen, fällt mir ein, und dann ... und dann ... am fünfundzwanzigsten November zweitausendzwei gegen dreiundzwanzig Uhr und dreißig Minuten gehen in Leipzig die Lichter aus, dicht unter der Schädeldecke, in diesem schlecht ausgeleuchteten Viertel, dieser unbetretbaren, sofort zerstörten Scheune gehen am fünfundzwanzigsten November zweitausendzwei gegen dreiundzwanzig Uhr und dreißig Minuten plötzlich die Lichter aus, ein Mund, der weit aufgerissen wird, ein Großmaul, ein nicht mehr zu bezeichnendes Raubtier, wie ein Dammbruch schießt es plötzlich los, ein Dammbruch, »ICH LASSE MIR VON DIR DIESBEZÜGLICH ÜBERHAUPT NICHTS MEHR SAGEN. ICH HABE ENDGÜLTIG DIE FRESSE VOLL DAVON. DAS HIER IST DOCH KEIN VERHÖR. ODER TÄUSCHE ICH MICH. HABE ICH DA WAS NICHT GANZ VERSTANDEN? DU VERHÖRST MICH DOCH. DAS GEHT MIR DERMAßEN AUF DEN SACK ...« Aufgehängt. Na, von mir aus, soll sie doch, denke ich. Zunächst. Dann geht der Gaul durch. Entweder ich rufe sofort wieder an, oder ich schmeiße tatsächlich das Telefon aus dem Fenster. Ich rufe an. »Was willst du?«, herrschst du mich an. »Ich will dir jetzt ein für alle Mal was sagen.« Wirkt das Bier, oder rede ich Klartext? Ich bin gespannt, ich höre mir zu, »Ich habe die Schnauze endgültig voll von uns,

95

du kannst mich mal am Arsch lecken.« War's das? Oder
kommt da noch was? Es kommt. Bin ich erschrocken darüber? »Ich weiß, ich weiß, das macht man nicht am Telefon,
denke an Sörens Freundin, das ist kein guter Abgang, das
sagt man nicht am Telefon, mir aber scheißegal jetzt, ich
werde endgültig meine Koffer packen, ich nehme alles mit,
ziehe komplett aus, ich gehe nach Berlin!« Und donner den
Hörer auf die Gabel. Das war's dann. Das war's. Was für
eine Befreiung. Das hätte ich nicht gedacht. Ein lange nicht
mehr da gewesenes Gefühl der Befreiung. Druckluftabfall.
Alle steigen aus. Ich fahre in die falsche Richtung. Das muss
mit einem Bier begossen werden. Nochmal raus aus dem
Hotel, in die nächstbeste Bar, was für ein Gefühl der
Befreiung. Halte mich zurück, es nicht der Barfrau zu erzählen. Mache statt dessen lustige Bemerkungen. Soll wohl
witzig sein. Das war's. Das hat ja ein richtig jähes Ende.
Mein Körper ist ein Gefäß, das sich mit Ruhe füllt. In mich
fließt Ruhe. Ich bin seit langem nicht mehr so ruhig gewesen. War's das? Das war's. Keine Reue. Umfassende Erleichterung. Dieser Opernauftritt hat eine erleichternde Wir-
kung. Als wäre der Körper mit einem Mal entgiftet. Unser
Gift verliert sich. Zusammengesackt wie tödlich getroffen.
So entweicht es. Mit Lichtgeschwindigkeit. Der Zug rollt
pünktlich an. Auf dich zu. Auf ein Gespräch. Einen Vorschlag willst du machen. Mal hören. *Aufgelegt* ist ja ein
höflicher Ausdruck. Es müsste *aufgeworfen* heißen. Da ist
aber ein Teppich im Weg, sagen wir deshalb *hingehauen*,
den Hörer auf die Gabel *hingehauen*, auf die Gabel *gehauen*, und sofort Befreiung, Pilsener Urquell, bestens,
auch Leipzig hat jetzt Schweinepreise für Bier, ist eigentlich
egal, wo man säuft, auf die Gabel gehauen, ohne weiter an

96

dich zu denken, Köln gewinnt einsnull gegen Freiburg, das ist im Moment wichtig, das ist auch am Morgen danach wichtiger, ich wache ohne zu zögern auf, bin sofort im Bilde, sozusagen, das war's, sofort im Klaren, fahre ich fort, am siebenundzwanzigsten November, wieder im Zug, für kurze Stunden, dein Vorschlag, gestern, in Christians Wohnung zu ziehen, bis Ende Januar, er ist doch weg, sagtest du, bis Ende Januar, das ist ein guter Vorschlag, ich merke sofort, der Vorschlag ist gut, »jawohl gut« ist der Vorschlag, den du da machst, das kann ich aber nicht zugeben, sondern bleibe bei meinem Kurs, der Berlin heißt, nach Berlin führt, der uns trennt, wir wechseln noch ein paar Worte, Unflätigkeiten, Vorwürfe, dann reichts, ich gehe. Die Nacht bei Olaf; mit einigen Flaschen Wein, für deren Qualität er sich sofort entschuldigt, am Morgen keinen Schädel. Trotz des Fusels. In der Nacht, mit leerem Magen auf der Suche nach Pizza und Bier, Pizza geschlossen, Bier in einer Hotelbar, schicke ich dir eine kurze Nachricht: »Liebe, du bist so großmütig. Es ist sehr traurig. Du hast ein großes Herz. Christians Wohnung ist im Kopf. Du auch.« Bis Ende Januar in Christians Wohnung. Zusammen getrennt. Getrennt zusammen. Dort könnte ich arbeiten, man sehe sich. Und danach sehe man weiter. Dein Vorschlag. Der mich sofort beschäftigt. Beunruhigt. Christians Wohnung bringt Berlin zu Fall, sozusagen. Mir fällt alles runter, in letzter Zeit, der große Ring mit dem Stein, in tausend Stücke, das Notizbuch erkennt sein eigenes System nicht mehr, die tragbare Musikmaschine, kurz auf den Boden geschlagen, setzt ein, wann sie will, hört auf, wann sie will, ich stehe noch. Am Nachmittag kehre ich kurz in die Wohnung zurück. Auf dem Tisch liegt ein Brief. Von dir.

Das ist der erste Brief, den ich von dir habe. Er tut mir gut. »Verzeih, dass ich dich gestern Abend noch mit Vorwürfen überhäufte, du wirst aber zugeben müssen, dass die ganze Situation uns beide mehr als reizbar macht. [...] Ich werde deine Hand in meinem Rücken vermissen, wenn wir die Straße überqueren, deine Hand, die zu nehmen mir so schwer fällt. Und dass du hinter mir stehst, ich mich an dich lehnen kann. [...]« Und das Schlimmste, was man haben kann, ist Hoffnung. Keine Ahnung, was jetzt los ist. Du hast aufs Telefon gesprochen, dass du mich morgen gerne sehen würdest, Dinge zu besprechen, bevor ich dann wegfahre, nach Berlin fahre, nicht wahr, und ich melde mich zurück und bejahe, was ist los, falle ich um?, es ist noch nicht ausgemacht, ob das ja am nein, oder umgekehrt, das nein am ja schuld ist. Was ist das eigentlich für eine Stimmungslage, jetzt? Überreaktion hast du die Sache mit Berlin genannt. Und das, was wir machen, ›Konflikte austragen‹. Was allerdings ich mache, was mich betreffe, so sei das Flucht. Habe ich das nun so gemeint, mit Berlin, oder nicht. Warum so hart, sprach einst die Küchenschabe zum Diamanten, sind wir nicht entfernt verwandt? Warum so weich, ihr Brüder. O meine Brüder, wozu reden, alles ist eitel. Das Ich ist nicht mehr Herr im eigenen Hause. Ja, Sigmund. Und dann haben wir gesprochen. Du bist nicht herzlich, hast keine Wärme, willst Kontrolle haben, auf dich kann man sich nicht verlassen, habe ich dir gesagt. Deshalb verlasse ich dich, habe ich dir gesagt. Ich sage das aus Wut, im Ärger, aggressiv, meinst du, »ich war selten so ruhig wie jetzt«. Ein Zug in die Dämmerung auf Mannheim zu. Ein Lichtband Tagesbreite. Der Himmel macht die große Scheune zu. Ist das nicht schon

Kino, im voll besetzten Zug zu sitzen, und draußen läuft
der Film. Bäume, gespiegelt im Wasser, im See. Am Horizont zieht eine Herde ins Dämmer, eine sich auflösende
Wolkenherde. »Wir haben keine Art, miteinander umzugehen.« Die Beziehung ist nicht nur zu einem bloßen Gespräch über diese so genannte Beziehung geworden, diese
so genannte Beziehung ist zu einem Bilanzieren, zu einer
Schlussstrichaddition dieser so genannten Beziehung geworden. Gedrängtes Mannheim. Am neunundzwanzigsten
November zweitausendzwei um achtzehn Uhr und drei-
unddreißig Minuten alles doppelt belegt Richtung Berlin.
Heute also Berlin. Wochenenddoppelbelegung. Rückwärts.
Rauchender Missmut. Alle rauchen. Allein im Rauch noch
Platz. Wer raucht, hat Unrecht. Der Dame neben mir genügt ihr Gipsarm nicht, sie muss auch noch rauchen. Ununterbrochen Zigarette. Und das Ganze rückwärts. Rückwärts in Berlin einfahren. »Wir haben keine Art.« »Du
fühlst dich zurückgewiesen, das ist es.« »Immer dieses
Wort! Bist du etwa die Zurückweisungskönigin? Musst du
dich zu allem höflich bitten lassen?« »Hast du meinen Brief
gelesen?« »Ja.« »Und?« »Ich habe ihn gelesen.« »Was hast
du dabei gedacht, gefühlt?« »Die letzten Zeilen haben
mir sehr gefallen. Das ist auch schon Poesie.« »Und hat der
Brief irgendwas bei dir verändert?« »Nein.« »Warum
nicht?« »Kann ein Brief das?« »Ich denke, schon.« »Ich
denke, nicht.« »Willst du's dir noch mal überlegen?« »Mit
Berlin?« »Mit uns.« »Ich fahre morgen nach Berlin.« »Das
ist doch kein Grund, dass wir uns trennen. Du kannst doch
in Berlin sein und ich hier. Dann kommst du mich be-
suchen, ich fahre zu dir.« »Ich ziehe komplett aus, nehme
alles mit, du bleibst hier, ich bleibe da.« »Fernbeziehung

liegt dir nicht.« »Nein.« Raucherabteil Deutschland. »Ich
kann mich auf dich nicht verlassen, du bist unzuverlässig«, meine ich plötzlich, dir sagen zu müssen. »Ich kann
mich auf dich nicht verlassen, ich kann mich auf mich
nicht verlassen«, meine ich dir plötzlich sagen zu müssen.
»Kein Vertrauen«, bestätigst du. Schon drei Wochen, nachdem wir uns kennen gelernt hatten, wollte ich wieder
gehen. Passt nicht. Passt alles nicht. Nichts passt. Nach einigen Wodka gemutmaßt. Passt nicht zusammen. Mich
anderntags dafür entschuldigt. War nicht so gemeint. Der
Alkohol, undsoweiter. Kopfbahnhof Frankfurt. Vorwärts
nach Berlin. Die Masse türmt. Eine andere Masse steigt zu.
Eiskalt sei ich, sagst du. »Du willst die Oberhand behalten,
das ist eine Abrechnung, was du hier unternimmst. Du
willst mir etwas heimzahlen. Du bist ein Riesenarschloch.«
»Nehme ich gelassen. Hast du noch was Substanzielles zu
sagen?« »Aha, jetzt kommt der Zynismus.« »Der traut sich
nicht.« »Du hast dich zurückgewiesen gefühlt, weil ich das
mit Leipzig gesagt habe, dass ich da nichts mehr von dir
höre, wie es mit der Wohnungssuche steht, ich meine, ich
bin doch nicht dein Spielball, du bist noch immer verheiratet, das ist einfach unwägbar, das ist eine Zumutung
für mich, wie soll ich mich ganz auf dich einlassen können, wenn du noch verheiratet bist, vielleicht gehst du
wieder zurück, muss ich immer denken, muss ich das
fürchten?, gehst du wieder zurück?, bin ich nur das Ventil
für dich, ich bin für dich nur das Ventil gewesen, wegzu-
gehen, stimmt's?, du hast mich nur dazu benutzt, da den
Abschied einzureichen, lässt dich aber nicht scheiden, was
soll ich darüber denken, zwischendurch packst du deine
Sachen, drohst abzuhauen, was soll ich darüber denken,

100

das ist alles völlig instabil, ich brauche aber eine schützende Hand. Muss ich das fürchten?« »Nein! Was denn?« Ich könnte mich vielleicht damit abfinden, dass du dich selten meldest, dass du das Gegenteil von pünktlich bist, dass du im so genannten Grunde deines Herzens eine ausgemachte Zicke bist. »Wer soll es überhaupt mit dir aushalten?«, fragst du. »Eine gute Frage.« »Ich soll dir also vertrauen, das Vertrauen für uns beide haben.« »Ich habe kein Mal erlebt, dass du gesagt hättest, stimmt, so ist das mit mir, oder: Das war mein Fehler, oder: Das gebe ich zu. Jedenfalls fällst du mit Fragen über den anderen her, das ist ein einziger Anwurf, den du dann unternimmst, deine Technik ist die, sofort alles abzuleugnen, abzulehnen, indem du auf den anderen übergehst, ihn vollschüttest, und zum Schluss unterliegst du noch der Täuschung, offen über dich gesprochen zu haben.« Wo führt das alles hin; habe ich nicht gesagt, dass ich gehe. Sie möchte, dass ich bleibe. Habe ich nicht gesagt, dass ich gehe. Gehe ich nicht? Stehe ich jetzt nicht auf und gehe, endgültig. Warum stehe ich jetzt nicht auf und gehe endgültig. Habe ich nicht mehrmals schon gesagt, dass ich mich von ihr getrennt habe, habe ich ihr in den letzten Tagen nicht schon mehrfach gesagt, das war's, ich gehe jetzt, ich packe jetzt endgültig alles zusammen, ich verlasse dich jetzt, hiermit verlasse ich dich, indem ich dir sage, ich verlasse dich jetzt, verlasse ich dich; habe ich mit dem gerade ausgesprochenen Wort ›verlasse‹ dich bereits verlassen. »Es geht grundsätzlich nicht.« »Nein, das sind Konflikte.« »Deine letzten Sätze, im Brief, das war schon Poesie.« Blicke. Wir können uns in die Augen sehen. Keine Explosionen. Du weinst. Nach kurzen Bemühungen, Abfängen, gibst du es auf, das verbergen zu wollen. Du

101

weinst. Ich bin von drei Schlucken Rotwein auf nüchternen Magen benommen. Der Magen hängt durch. Er möchte mehr Bodenschwere haben. Wasser und Wein. Benommen schweigen. War's das? Noch ein Schluck Wein. Völlig abgespannt, ausgehängt. Aufstehen, gehen? Du weinst. Verschmierte Wimperntusche, Lippenstift verrutscht. Aufstehen, rumgehen. Zu dir hin, hinter dir stehen, die Hände auf die Schultern legen, keine Musik im Raum, gar nichts im Raum, du gibst kein Geräusch von dir, dein Weinen ist Schweigen, dich an mich drücken, durchs Haar fahren, dich streicheln, die Hände mit leichtem Druck in deinem Nacken, sie da ruhen lassen, deine Haare, eine Kerze flackert, eine letzte Liebkosung, die kein Trost ist, ist das falsch, dass ich hier stehe, ist nicht falsch, ich sollte jetzt gehen, »man fürchtet, das Schreckliche zu sehen, aber man hat den Mut, es zu tun. Sie verlassen das Mädchen; das ist das Entsetzliche, dazu haben Sie Mut; aber sie bleich werden zu sehen, ihre Tränen zählen, Zeuge ihrer Not sein, dazu haben Sie keinen Mut«, mutmaßt der alte Däne. Ist das so? Eine Wiederholung! »Dass du uns keine Chance gibst. Das ist das Entsetzliche. Und hat nicht auch deine Frau gesagt, dass du euch keine Chance gegeben hast, das sei das Entsetzliche gewesen. Du wiederholst das. Du wiederholst dich. Du gibst uns keine Chance. Das ist das Entsetzliche.« Sagt nicht der alte Däne, es gebe keine Wiederholung. »Wie oft hatten wir eine Chance, und haben sie nicht genutzt.« »Nein, das war keine Chance, das war Verdecken, Ablenken, Angst haben, und jetzt bist du wieder auf der Flucht, du fliehst ja, du bist eigentlich dauernd auf der Flucht.« »Um das zu beenden, gehe ich nach Berlin. Da hat die Flucht dann ein Ende.« »Ein unrühmliches.«

»Lieber ein Ende mit Schrecken, als ein Schrecken ohne Ende«, fällt mir raus, du belächelst diese Plattheit. Ich ziehe die Schuhe an. Dein Gesicht. Die flackernde Kerze ist abgebrannt. Halbschatten. Ich stehe dann blöde im Raum, wohin schauen, wohin gehen. Als würde es von unten an mir reißen, zöge mich etwas durch den Boden, ein Wort wie Erdanziehungskraft ist höflich, man müsse auch in der Liebe höflich sein, sagte ich vor ein paar Minuten, du hast das bestritten, Höflichkeit habe in der Liebe nichts zu suchen, das sei etwas ganz anderes, kurz vor Wolfsburg, »wir befinden uns in der Anfahrt auf Wolfsburg«, sich in der Anfahrt auf Wolfsburg befinden, wie soll das denn gehen, bitte schön?, massiver Regen, ein Kinowuchtkomplex, eine Stunde vor Berlin, zweiundzwanzig Uhr und zweiundzwanzig Minuten, weihnachtliche Lichterketten, einen Monat vor Weihnachten, möchtest du noch etwas sagen, frage ich dich, dein Gesicht im Halbschatten, dein Gesicht im Halbschatten, der Zug hat Wolfsburg verlassen, zieht an, »Du wirst mir fehlen«, sagst du, Christian, ich komme, denke ich, oder soll ich jetzt auch weinen, Pizza und Saufen, unmäßig saufen, noch unmäßiger als die Tage zuvor, »ciao«, sage ich, warum nicht »tschüss« oder »mach's gut«, was soll da schon gut zu machen sein, »ciao«, sagst du, ich ziehe die Jacke an, das Klacken der Sohlen auf dem Linoleum, ich gehe, Tür zu. »Ich könnte verzweifeln über diese Schriftzeichen, die kalt und wie müßige Tagediebe nebeneinander stehen, und das eine Nein sagt nicht mehr als das andere.« Wer sagt das? Ach, Christian, eine lange Nacht, entspannt sei ich, sagst du, entspannter als je zuvor, am Morgen wie zerschlagen, bekomme kein Auge auf. Du hast gläserweise Whisky getrunken und Wein, du

103

läufst herum, bist erfrischend frisch, ich bekomme kein
Auge auf, Bier und Wein, kein Auge auf, warum soll man
auch seine Augen öffnen? Liegen bleiben. Vielleicht stehe
ich heute gar nicht mehr auf. Was war nochmal mit diesem
Rotwein, ist der nicht plötzlich auf dem Pullover gelandet,
ach, richtig, das Unterhemd entsorge ich dann später in
deinem Mülleimer, Christian. Ein so entgrenzter Rotwein-
fleck ist nicht mehr gutzumachen. Sieht aus wie erschos-
sen. Schusswunde. Ausgelaufen.

Ein weiter Acker Brachland, auf Lutherstadt Wittenberg
zu. Wo sind meine Thesen? Und an welches Tor soll ich sie
schlagen? Nachdem ich mich aus Christians Wohnung zu-
rückgeschleppt habe in deine von mir mitbesetzte Wohnung, nachdem ich dort den Inhalt des Koffers überprüft,
ob das Wesentliche dabei ist, das so genannte Wesentliche
eingepackt, man kann alles neu kaufen, nicht wahr, der
Impuls ist da, alles neu zu kaufen, Hemden und Hosen neu
kaufen, alles liegen lassen, einfach alles liegen lassen und
gehen, solange und überall Hemden und Hosen neu kaufen, bis man restlos ruiniert ist, nicht wahr, überall kann
man schöne Hemden und Hosen kaufen, überall kann man
diese Hemden und Hosen auch wieder liegen lassen, und
Schuhe kaufen, schau her, diese Schuhe habe ich neulich in
Leipzig gekauft, diese hier in Köln, ich brauche neue
Schuhe für eine neue Stadt, nicht wahr, mit diesen neuen
Schuhen Neuland betreten, ich brauche diese eingepackte,
frisch ausgepackte Bügelfalte eines neuen Hemdes, dieses
in Folie steckende neue Hemd, mit einem frisch ausge-
packten Hemd, das eine nicht zu übersehende Bügelfalte
aufweist, und in diesen neuen Schuhen in eine neue Stadt
hineingehen mit großen Schritten, und die obligatorische

104

neue Hose, am besten den alten Koffer mit der ganzen ranzigen Schmutzwäsche einfach stehen lassen, wo er ist, vergessen, dieses schöne Wort Schmutzwäsche, das mir schon als Kind gefiel, was ist denn da im Korb?, Schmutzwäsche, weiße Schmutzwäsche, bunte Schmutzwäsche, einen Rucksack voll neuer Wäsche, bitte, nachdem ich also den Inhalt meines Koffers, meines am besagten Vorabend vorgepackten Koffers überprüft, ob alles da ist, nachdem ich also auch den blauen Rucksack auf möglicherweise Fehlendes hin durchgesehen habe, und ob genug Geld dabei ist, ob ich die Wohnung, mein Zimmer in diesem Zustand und genau so verlassen kann jetzt, während der Zug in Lutherstadt Wittenberg eingefahren ist, stillsteht, nachdem ich zu dem Schluss gekommen bin, die Schuhe nun doch nicht mehr zu putzen, sondern einfach zu gehen, scheint doch alles an Bord zu sein, was in den nächsten zwei Wochen gebraucht wird, gebraucht werden könnte, der Zug hält sich viel zu lange auf in der Lutherstadt Wittenberg, Duft von Orangen durchströmt das Abteil, einen schönen Ring hat das Mädchen da draußen am Finger, vielleicht sollte ich mir einen neuen Ring kaufen, nachdem der alte völlig zersplittert, unbrauchbar ist, abgelegt, »Trümmerlandschaften Thüringens und Sachsens von Eisenach nach Berlin«, der Zug fährt an um drei Uhr achtundzwanzig Minuten, nachdem er etwa fünf Minuten in Lutherstadt Wittenberg gestanden hat, er ist zu früh in diese Stadt hineingefahren, er hatte Verfrühung, und jetzt diese Flusslandschaft, dieser über die Ufer getretene Fluss, über die Wiese ausgelaufene Fluss, auf der ein Mann spazieren geht mit seinem Hund, der Fluss nimmt kein Ende, Einfamilienhäuser, reißen ab, Ackerlandschaft, verharrte

105

Gegend, nachdem also schon alles bereitgestanden hat, zu gehen, ein Briefkuvert für den Schlüssel in Händen, um diesen dann unten in den Briefkasten zu werfen, hast du angerufen, ich bin von der Wohnungstür zurück, »Hallo, ich bin's«, »Ja«, »Was machst du?«, »Ich gehe«, eine Kraterlandschaft, nach Lutherstadt Wittenberg, als ob da was Versengendes, Auslöschendes gelandet ist, alles verbrannt, was ist das?, Kohlesteinzeit?, was ist das?, »Ich möchte dich nochmal sehen«, »Ja«, »Möchtest du, dass ich in die Wohnung komme?«, »Ja«, »Ich bin gleich da«, »Ja«, »Ich freue mich«, »Ich freue mich auch«, was war das denn?, eine verglühende, die Seiten aufreißende Sonne am Horizont, fast am Horizont, eine glühende, spiegeleiartig auslaufende Sonne, und jetzt ein Wald davor, Birkenstangen, eine verschluckte Sonne, eine plötzlich vom Erdboden verschwundene Sonne, nicht wahr, jetzt sehe ich auf meinem Tisch ein weißes Stück Papier mit deiner Handschrift, in deiner Wohnung auf meinem Tisch ein Papier mit dieser Schrift, »Lieber, und wenn ich dich bitte, zu bleiben, würdest du dann bleiben? Würdest du dann wieder kommen? Würdest du's dir überlegen? Bitte. Deine, die sehr traurig ist.« Ich setze mich hin und lese das nochmal. »Lieber, und wenn ich dich bitte, zu bleiben, würdest du dann bleiben? Würdest du dann wieder kommen? Würdest du's dir überlegen? Bitte. Deine, die sehr traurig ist.« Sehe ich da Fangarme, weibliche Abfangjäger, Luftkrieg, im Kopf, Abwehrjäger, Abfangjäger, ist das leichter geschrieben als gesagt?, leichter gesagt als geglaubt?, ist das so?, es ist eine Installation, ich spüre deutlich, das hat sich eingepflanzt, lesend ist diese Pflanze bereits installiert in mir, für kurze Momente ein Stück Sonne rechts aus dem Fenster, während

der Zug gegen Leipzig geht, ein Sonnenmeer, bei weit
aufgerissenem Himmel, Himmelsfetzen, die da überall so
raushängen, runterhängen, »würdest du's?«, Schachmatt?,
shah mat, der König ist tot, Schachmattowa, und wo das
liegt, ich gehe die Wohnung auf und ab, sollte ich einfach
gehen, stark sein, stark zur Tür hinaus?, das hat eine eigenartige, mir unbekannte Erotik, jetzt, hier, in deiner Wohnung, ich warte in deiner Wohnung auf dich, sehe meine
Hand das schreiben, es ist ein Rendezvous, wir haben uns
nach der Stunde null in deiner Wohnung verabredet, bildbar sein, ich bin bildbar, wir werden langsam zu einem
Modellfall, wir sind im Bilde, wir sind in das Bild hinein-
gestellt, im Bild seiend, vor dem Bild stehend, gleichzeitig
im Bild sein und vor dem Bild stehen, da schauen wir uns
nun an, wie wir im Bild sind, bildbar heißt ja auch unver-
rückt, unverrückbar, zwar können wir das Bild anderswohin hängen, aus dem Bild heraus aber können wir nicht,
zwar können wir das zerstören, das Bild, einmal gesehen
heißt aber immer gesehen, nicht wahr, Telefon gelöscht,
Name herunterentfernt, »würdest du's«, alles da, zu gehen,
aus Leipzig raus auf diese Minute, am dritten Dezember,
zwölf Uhr und zwei Minuten, in die so genannte Bundes-
hauptstadt zurück, deutlich abgekühlt, Dunst unterm
Leipziger Bahnhofsdach, der Zugführer sitzt entspannt in
seinem Cockpit, sein Thron federt jede Unwucht ab, für
ihn ist immer nur Sonne, ein sich selbst fahrendes System,
das unabänderlich den Gleisen folgt, »würdest du's?«, wenn
draußen ein unfreundliches Wetter ist, »wenn man jetzt
auch schon so lange bei Tisch stillgehalten hat, daß das
Weggehen allgemeines Erstaunen hervorrufen müßte«,
ich kann kaum erwarten, dass du kommst, komm doch

endlich, es sind unsere Gleise, Strommühlen im Dunst, im
Nebel, die Zugführerkabine plötzlich in Nebel getaucht,
Milchglas, Wechselstromverhältnisse, Stromunterbre-
chungen, blickdicht, deine Beine möchte ich sehen, deinen
wunderbaren Arsch, »wenn man nun trotz alledem in einem plötzlichen Unbehagen aufsteht, den Rock wechselt,
sofort straßenmäßig angezogen erscheint, weggehen zu
müssen erklärt«, hinter Leipzig alle Bäume schief gewachsen, wie vom Zug weggedrückt, nach hinten gelegt, »es
nach kurzem Abschied auch tut«, eine Schneise, eine
Flucht, in dich hineinfahren, ein Verlangen nach dir, »wenn
man durch diesen einen Entschluß alle Entschlußfähigkeit
in sich gesammelt fühlt«, dann stehst du da, du bist da,
»wenn man mit größerer als der gewöhnlichen Bedeutung
erkennt, daß man ja mehr Kraft als Bedürfnis hat, die
schnellste Veränderung leicht zu bewirken und zu er-
tragen«, leer gebrannte Westernstädte, Ruinenkulisse, Abstand, eine Armbanduhr der Deutschen Bahn kann, ist sie
authentisch, niemals pünktlich sein, eine Armbanduhr der
Deutschen Bahn kann, folgt sie den Zügen, immer nur zu
spät sein, auf die Frage, wie viel Uhr es denn sei, muss der
Angesprochene, trägt er eine Uhr der Deutschen Bahn,
wahrheitsgemäß antworten, »Deutsche Bahn«, sofort lässt
der Fragende, mit klaren Anzeichen des Verstehens, alle
Hoffnung fahren, die wir ja doch so heftig umarmen, und
deine Lippen, deine Finger, du bist deutlich ein Teil von
mir, die Figuren des Vogelschwarms, wir ändern die
Richtung, der Nebel ist außerhalb, ich drücke dich fest an
mich, dieser so vertraute Geruch, wir kennen uns, die
Bewegung meiner Hände, meine Erinnerung, dein Hals,
dein Rücken, die Gestalt der Hände, die Tastfigur, die Vor-

stellungen sind deckungsgleich, ein Wasserland ringsum, bei Tage eine Aufweichung, über die Straße in dieser berüchtigten Spelunke etwas essen gehen, »selten war ich in den letzten Monaten so kaputt wie heute«, sage ich, »das Salatdressing ist unzumutbar«, »das einzig Wiedererkennbare auf der Speisekarte ist Tost Hawaii«, sage ich, »ich esse jetzt Toast Hawaii, Toast Hawaii habe ich zuletzt am Traunsee gegessen vor vierundzwanzig Jahren«, sage ich, ein amorpher Haufen Masse, das ist Toast Hawaii, ein Magenschreckgespenst, das ist Toast Hawaii, der Wirt am Traunsee hatte Toast Hawaii erst gar nicht mehr auf der Speisekarte stehen, man musste ihn nach Toast Hawaii mehrfach fragen, nach der vierten oder fünften Nachfrage gab er endlich zu, Toast Hawaii von der Speisekarte genommen zu haben aus Scham, weil sich das nicht gut mache, ein Toast Hawaii auf der Speisekarte ruiniert das ganze Lokal, die Leute flüchten in Scharen, die hauen ab, wenn sie das auf der Speisekarte sehen, du hast ein Rehfilet auf der Speisekarte und vorher stolpert der Gast über Toast Hawaii, das bringt einen schlechten Ruf, sagt der Wirt am Traunsee, das bringt dich in Misskredit, der serviert Toast Hawaii, heißt es dann, und die Leute bleiben aus in Scharen, hartnäckigsten Kunden aber serviere er sozusagen unter vorgehaltener Hand einen Toast Hawaii, er müsse diese Gäste aber fast inständig bitten, außer Sichtweite der anderen Gäste zu sitzen, was er natürlich nicht machen könne, so der Wirt am Traunsee, hat der Toast Hawaii magenzersetzende Folgen, muss jetzt ein Kaffee den Toast Hawaii zersetzen, Hawaii am Toast ist ganz klar nur die Scheibe Ananas, diese Kindergesicht froh machende Ananasscheibe, diese Büchsenscheibe Ananas, das ist das

109

ganze Hawaii, und mittendrin die so genannte kandierte
Kirsche, die dem Arrangement aus Toast, Butter, Schinken,
Ananas und zerlaufenem Käse den wohlverdienten Rest
gibt, die Kirsche mittendrin, inmitten der Ananas, darüber
der zerlaufene Käse geparkt, Kaffee zersetzt Toast Hawaii
und Magen, sozusagen ein Dopplereffekt, dann zahlen,
dann raus aus der Spelunke, darin noch immer ein alter
Mann vor Schneegestöber sitzt, bisschen Dessert mit
Riesenportion Sahne, Riesenportion, »Ich muss jetzt zum
Bus, zur Arbeit«, sagst du, »Ich muss jetzt nach Berlin«, vor
der Haustür von einem Bein aufs andere, Augensuchen,
Augenausweichen, näher treten, Zeit davon, ich davon, ein
Uhr mittags, »Musst du wirklich jetzt schon wieder zur
Arbeit?«, »Möchtest du mit mir bumsen?«, »Ja«, »Ich
auch«, »Schön«, »Die Putzfrau«, »ist vielleicht schon weg«,
»Und wenn sie noch da ist?«, »haben wir Pech – oder
Glück«, »Nachsehen?«, »Ja.« So was! Die Treppe hoch, die
Treppe hoch, Wohnungstür ist offen, schade, noch da,
»Hallo?«, keine Antwort, »Ruth?«, keine Antwort, »Hat einfach nicht abgeschlossen«, »Scheint so«, auf dem Küchentisch ein Zettel, habe das und das gemacht, habe das und
das vom Geld genommen, da stehen wir, da fiebern wir,
dann nehme ich dich in den Arm, hocke mich auf den
Küchentisch, es ist wie ganz von vorn, mit dieser heftig
atmenden Aufgeregtheit, ein wortloses Körperverstehen,
ein Begreifen, ich lange dir unter den Pullover, übereinander her, »Wollen wir uns aufs Bett legen?«, wollen wir,
alles aus, alles ausziehen, ein jagendes Herz, gar nicht
wissen, was alles anfassen wollen, alles anfassen, am fünften Dezember zweitausendzwei auf Dresden zu, jetzt, sechzehn Uhr und zehn Minuten, durch Deutschland zieht ein

110

Orkan, er heißt Billigkultur, es ist das Billiggespenst unterwegs, es grassiert die Verbilligung, McBillig, McScheiße,
grassierende Kunstblumen, Megaramsch für neunund-
neunzig Cent, das Essen in Berliner Restaurants von um-
fassender Unzumutbarkeit, überall billig, Billigentsor-
gung, selbst die Reichen werden immer billiger, plötzlich
sind die Reichen neidisch darauf, dass die Armen im ALDI
einkaufen gehen, Pfennigfuchser heißt so eine Billig-
ramschkette, weg mit dem Konsum, sagt der Staat, Bürger,
gebt das Geld dem Staat, sagt der Staat, »Mein Sohn, die
gebrechliche Eichel«, sagte Laederach einst, fährt man mit
dem Zug in die Dresdner Dämmerung, in die Schatten-
rissfinsternis, ist man bald schon umgeben, ausgefüllt von
dieser Mittelalterstimmung, diese allerorten ausbrechende
deutsche Mittelalterstimmung, nicht wahr, und dann so
etwas altertümliches wie Liebe, »Ich möchte dich empfan-
gen«, sagst du, ich möchte eintauchen in deinen See, noch
ein bisschen mehr, und ich falle in Ohnmacht, gleich ist es
soweit, dann falle ich zum ersten Mal in meinem Leben in
Ohnmacht, nur wenige Berührungen, umschlingende Bewegungen noch, unsere Münder ein Meer, diese berühm-
ten Bewegungen, die alle keine Sprache haben, die Sprache
sind, die genau dazwischen stattfinden, ich spüre, ich falle
in Ohnmacht, in dir, Räumungsverkauf, Totalausverkauf,
Geschäftsaufgabe, Haushaltsruin, kein Platz für neue
Löcher, Haushaltssperre, Aufhebung der Haushaltssperre,
weil es gar keinen Haushalt mehr gibt, Abschaffung des
Wortes ›Haushalt‹ in öffentlichen Zusammenhängen,
Haushalt ist jetzt nur noch zu Hause, Haushaltssperre als
Zustand undefiniert, als Tätigkeit, als Istzustand, ›Haus-
haltssperre‹ plötzlich ein nicht mehr verweisender Neo-

logismus, ein Neuwort, eine Unbildung, fünfzig Prozent Rabatt auf fünfzig Prozent Rabatt, Räumungstotalausverkauf, Geschäftsaufgabe, Totalräumungsausverkaufsonderverkauf, geht man durch Berlin, fällt einem sofort dieser Witz in Wien, dieser Wienwitz wieder ein: In einer Wiener Straßenbahn sitzen drei Wiener. Fünf davon steigen aus. Was heißt das? Zwei müssen wieder einsteigen, damit niemand mehr drin ist. Deutschlandbilligproduktüberwucherung. Warum fällt dieser Witz ein? Was hat dieser Witz mit Berlin zu tun? Dass er in Wien spielt. Dass man für einen kurzen Moment nicht an Berlin denkt. Dass der Witz in Berlin gar nicht funktioniert. »Ich möchte auf dir sitzen.« Doberlug-Kirchhain. Eine Hocherregung. Ich halte dein Becken, presse dein Becken fest an mich, außerplanmäßiger Halt in Doberlug-Kirchhain, lasse dir nur wenig Spiel, du musst auf kleinem Raum hin- und herrutschen, auf mir, vor und zurück, so laut warst du noch nie, so arg war es noch nie, ich will das nur noch mit dir machen, das ist abgespeichert, es ist so etwas wie den Idealpunkt erreicht haben, den archimedischen Punkt, fortwährende Überatmungsohnmachtsgefahr, wenn das noch fünf Minuten so weitergeht, falle ich weg, das wäre wohlgetan, jetzt einfach zu verschwinden, auf dem Höhepunkt der Geschlechtserfahrung sich auflösen, spurlos verschwinden, wegtreten, sich auflösen, du schießt los, Rakete, ich verehre dich, wie eine strahlende Löwin bäumst du dich auf, dein knabenhafter Körper, dein Mädchenkörper, wenn wir das so gut können, wenn das so erregend ist bis zur Schmerzgrenze, dass es den sich selbst seienden Körper so gedankenlos zusammenzieht, und alles will raus, alles von mir droht mich zu verlassen, und es ist ein wohllautes Drohen, eine Erlösung, und dein mir geteiltes Ausfließen, ich nehme dich auseinander, ich packe dich, »Jetzt musst du auch kommen, willst du das?«, ja, ich will, ich bin schon unterwegs, ich meine, wenn wir das so gut können, nicht wahr, wir müssten doch auch, es sollte dann doch immerhin auch so sein, dass, undsoweiter, immerhin, ich meine, es ist ja nicht damit getan, dass ich schreiend in dir dermaßen komme, und der Verstand ist weg, ich meine, der Verstand ist sowieso weg, du fährst mit mir nach Berlin, habe ich später das Gefühl, allein, im Zug, im Zug allein ohne dich, tatsächlich müsste ich zwei Tickets lösen, so bist du noch bei mir, du liegst noch auf mir, meine Finger riechen noch nach dir, ich rieche dich noch bis tief nach Berlin hinein, die Missionarsstellung, die ist nun wirklich nicht der Königsweg, dein Aufbäumen aber, dein Hochragen, diese fest verschlossenen Augen, die dann so ganz offen sind, so staunend, ich müsste mich doch mit dir unterhalten können, so bist du noch bei mir, und wer ist die Dame, die da auf Ihnen liegt, diese Frage hätte mich nicht gewundert, im Zug, nach Berlin, auch noch kommen, die Billigkettenschluchten entlang, du gehst in ein Berliner Billigwarengeschäft, das eigentlich ein Billigersatzwaren- oder vielmehr ein Billigwarenkopiegeschäft ist, eine Hose, du schaust hin, sie fällt auseinander, eine Uhr, du denkst direkt an den Tod, eine solche Billiguhr am Arm, und der allerorten auch bei heiterstem Wetter nebenbei gehauchte Satz, »Wie die Zeit vergeht!«, eine solche Zitatkopie von Uhr am Arm, und dieses Frühlings-, dieses Herbstgefühl, »wie die Zeit vergeht!«, wird zum Kreuzweg, ich meine, der Blick auf die Uhr muss doch Moritat und Trost zugleich sein, der Blick auf diese massenweise in der so genannten Auslage

113

liegenden Zeitmessersimulationen ist aber schon der unaussetzliche Todesblick, der große Tod, du verstehst, ein Blick auf eine solche Zeitattrappe heißt schon, verscharrt werden wie ein flohzerbissener, ein fellräudiger angefressener Hund, getreten bis weggetreten, das ist schon der unwillkürlich immerfort wiederholte Todesblick, ein Billigtodblick, ein Billighemd, und es fallen im Vorbeikommen schon die Ärmel ab, es weichen die Farben durch Tageslicht, Tageslicht frisst sich in diese ganze Billigkultur ein, Billigessen, Billigmagen, Bürger, gebt dem Staat euer Geld, dann könnt ihr noch billiger essen, die deutsche Lösung der Zukunft heißt »billig sterben«, hieß es früher noch »schöner wohnen«, heißt es augenblicklich ab bald »billig sterben«, heißt es kurze Zeit später schon »billiger sterben«, kaum dass es bereits »noch billiger sterben« heißt, auf »am billigsten sterben« folgt dann »unvorstellbar billig sterben«, bis es schließlich »umsonst sterben« heißt. Umsonst sterben ohne Rente ist dann genug Sinn des Lebens. Kostenloser geht's nicht. Kostenloser wäre strafbar. Wie heißen Sie? Keine Ahnung. Wie konnte das passieren? Keine Ahnung. Als ich dann in dir kam. Einen solchen Orgasmus, und sterben. Ich meine, was soll da noch groß kommen können, sind wir erschrocken? Brechen wir jetzt zusammen?, ist das der klassische Versöhnungsfick?, eine Achterbahnfahrt Anlauf, bis es rausschießt, undsoweiter, das meinte der Kerl doch mit »Augenblick, verweile doch, du bist so ...«, undsoweiter. Totalfinsternis. Minuten vor Dresden alles ausgeblendet. Dresdner Hafen. Ist Hochwasser ein weiblicher Gott? Verdörrte, niederhockende Pflanzenwelt. Verdörrung. Das Austrocknen der Frauen im Alter. Ich ahne dich, ich ahne dich voraus.

114

Elsterwerda? Ich nicht! Das Wasser stand uns bis zum Hals. Talsperre. Bei der Talsperre haben sie nicht aufgepasst. Die haben da seelenruhig zugeguckt, und dann ist die Talsperre genauso seelenruhig übergelaufen, bis der Dresdner Hauptbahnhof auch übergelaufen ist. Randvoll, sag ich Ihnen. Da ging nichts mehr. Kam nichts mehr an, fuhr nichts mehr weg. Das kostet. Millionen. Wenn man damit hinkommt. Existenzen hat das gekostet. Pirna total abgesoffen. Um den Dresdner Hauptbahnhof sind sie mit Booten gefahren. Man brauchte einen Passierschein, einen Berechtigungsschein. Sonst ging da gar nichts. Hatten aber die wenigsten. Fast keiner. Jetzt ist alles leer gepumpt, das Wasser trocken, nach außen hin. Innen aber ist es noch sehr viel nass. Überall. Die Elbe ist auch jetzt hoch. Aber nicht so hoch, es war ja auch nicht die Elbe. Es war dieser Nebenfluss übergelaufen. Talsperre, wie gesagt. Dann ist das Wasser in den Bahnhof hineingeschossen. Der ja sowieso schon untergeschossig ist. Voll gelaufen. Ganze Züge bis oben hin unter Wasser. Zwinger abgesoffen. Hauptbahnhof wollten sie sowieso machen. Also machen sie ihn jetzt. Alles nass. Von innen. Innennässe. Wollen Sie keine Wohnung haben, hier? Dresden steht überall leer. Die Leute haben die Schnauze voll. Die stehen bald wieder auf der Straße. Wie neunundachtzig. Dann gibt's wieder Haue. Hier hat das angefangen, neunundachtzig. Auf diesem Platz. Macht genau zehn Euro. Auf Elsterwerda zu Wilder Westen, Steppe. Und dass Sie's Umsteigen nicht vergessen. Vergessen Sie nu ja nicht, da umzusteigen. Wenn Sie vergessen, da umzusteigen, in Elsterwerda, kommen Sie nicht mehr weg, hören Sie. Ein Bachlauf, neben den Gleisen. Parallelacker. Dezemberkalt. Gefrostete Ackerfurchen.

Durchnässter Schoß. Böhla. Halt. Laubfrost. Mein Herz, wo bist du? Neubauwahnsinn, Gartenlaube, Stromaggregat. Böhla gibt es nicht. Höchstens da hinten. Abgeriegelte Areale, Alleinsein. Dass wir so wenig Zeit miteinander verbringen. Soll ich hier eine Weihnachtsgeschichte erzählen? Später! Dann geht man in Dresden durch die Altstadt, durch Dresden Altstadt, dann steht man in Dresden Altstadt vor einem Geschäft mit einer riesigen, quer über die Schaufenster laufenden Banderole, Laufschrift, aufgeklebter Streifen, »Die Neueröffnung geht weiter«, in Dresden Altstadt, da steht man vor einem Geschäft, und was steht da zu lesen, in Dresden Altstadt, über eine Schaufensterfront geklebt, »Die Neueröffnung geht weiter«, vergessen Sie nicht, in Elsterwerda auszusteigen, »geht weiter«, das gibt's nicht! Großenhain Berl gibt es, Großenhain Berliner Bahnhof gibt es, Deutschland, »Die Neueröffnung geht weiter«. Am neunundzwanzigsten November zweitausendzwei wäre fast nichts mehr weitergegangen. Das schwarze Lederetui, wie heißt es, die Lederbörse, da wo alle Karten drin sind, Geldkarten, Ausweise, Geld, Zabeltitz, endlich werden Orte nach Sportlern benannt, weg, finde sie nicht mehr im vorderen Fach des Rucksacks, in drei Minuten läuft der Zug in Zoo ein, auf den Bahnhofbaguettes ist überall dieselbe Mayonnaise, ob in Hamburg, Dresden, Leipzig oder Köln, in diesen bundesdeutschen Bahnhofbaguettes klebt immer dieselbe weißliche Pampe, Deutschbaguette, ob diese drei Typen das Ding entwendet haben? Deutschbaguettemafia, es ist jetzt der sechste Dezember zweitausendzwei, elf Uhr und vierzig Minuten, Elsterwerda an um elf Uhr fünfundfünfzig, vergessen Sie nicht, in Elsterwerda auszusteigen, sonst, ich finde es nicht,

ich meine, ich kann doch nicht den ganzen Rucksack aus-
einandernehmen, doch, ich kann, nicht da, vorne war's
doch drin, kann doch nicht sein, dass, ich meine, fragen,
vorher zur Schaffnerin, zwei Minuten Zoo, begründeter
Verdacht, die haben das da rausgenommen, fällt mir auch
da nicht ein, wie man dazu sagt, der Schaffnerin gegenüber,
ich meine, früher hieß es mal »Revolution in Permanenz«,
jetzt heißt es »Die Neueröffnung geht weiter«, unerträgliche Hitze im Regionalzug nach Elsterwerda, drei Deutsche?, ehemalige Jugoslawen?, Polen? Türken? Tut nichts
zur Sache, wenn alles weg ist, kann ich einpacken, Geld das
Wenigste, Schaffnerin sagt, sie lasse die Polizei kommen,
nachdem ich ihr versichert habe, sie könne auf jeden Fall
doch was unternehmen, sie könne doch nicht die Polizei
kommen lassen, sagt sie, doch, Sie können unbedingt die
Polizei kommen lassen, alles recht, Prösen Ost, was will
man machen, keiner steigt ein, keiner aus, Deutschland-
einsteiger, ich meine, das ist doch diese Baguettemayon-
naise, die da auf deinem Pullover prangt, so ein Deutsch-
baguettemayonnaisepropfen, der aus dem Baguette her-
vorgequollen ist, Absprung, sauber auf dem Pullover
gelandet, Sie müssen in Elsterwerda-Biehla umsteigen,
keinesfalls in Elsterwerda, Elsterwerda wäre ganz falsch, da
kommen Sie dann nicht mehr weg, aha, Elsterwerda-
Biehla, nicht Elsterwerda, Elsterwerda-Biehla sagt also die
junge Frau im Zug, Elsterwerda-Biehla noch totverlassener
als Elsterwerda, wer hier rumsteht, will weg, am besten
unmittelbar, das ist Deutschlands Vollendung des Wilden
Westens, ob sich hier die Bäume weigern, Grün zu zeigen?,
Deutschlands laubloses Paradies, zwölf Uhr und sieben
Minuten, der Zug rollt an, Häuserfronten tun sich auf,

Glockenturm, ist doch gar nicht so schlimm hier, man hat halt sein Deutschland im Kopf, und bringt es überall hin mit, hier, bitte schön, mein Deutschland: So sieht es bei euch aus, hier, bitteschön, wenn Sie mal schauen möchten, das ist mein Deutschland, und wenn Sie das gesehen haben, nicht wahr, dann wissen Sie, wie es bei Ihnen ausschaut, eine Zumutung, so was, überall sehe ich die gut zu platzierende Abrissbirne, überall Schrebergärten, Nadelbaumpflanzungen, Tannenschule völlig deplaziert mitten in den Ort gesetzt, Tannenwald, Zeit für die Weihnachtsgeschichte?, später!, Schnee. Elsterwerda zieht sich, ein Friedhof, jetzt, dann wieder Einfamilienhäuser und Tannenwald, ich meine, sag ich denen jetzt, »Habt ihr das da rausgenommen?, aus dem Rucksack, habt ihr aus dem Rucksack was rausgenommen?«, und wenn die's nicht waren, und die Polizei rückt an, steht breitbeinig da, nimmt die drei Typen auseinander, und die haben's nicht, dann schaust du blöd, gell, hast aber der Schaffnerin schon Bescheid gesagt, begründeter Verdacht undsoweiter, hier liegt richtig Schnee, oder ist das Raureif?, »Was fehlt denn?«, »Alles«, Lachen, »So?«, »Habt ihr das rausgenommen?«, du bist auch zu blöd, alles da drin zu haben, »Wo rausgenommen?«, »Aus dem Rucksack«, alle drei spielen die Unbeteiligten, ist klar, wäre ja auch ein Wunder, »Ah, Pollacke, hast du Kolläge beklaut?«, der eine, Lachen, »Wir machen so was nicht«, in gestochenem Hochdeutsch, der andere, aha, Bad Liebenwerda, ich in Bad Liebenwerda am besten für immer, »Wie sieht das denn aus?«, »Schwarz«, »Was ist es denn?«, »Alles drin, Geld, Karten, Ausweise«, »Wo drin?«, allgemeine Heiterkeit, mir fällt das Wort nicht ein, wo das drin ist, wie nennt man das denn?, »Etui, Börse,

keine Ahnung«, »Ist es das hier?«, wo hat der das her, der
Herr Sitznachbar, fummelt ein bisschen auf dem Boden
rum und hat es schon, gibt's doch gar nicht, »Jeden anderen hätte ich auch gefragt«, »Schon gut, versteh ich«,
haben die nicht die ganze letzte Zeit so geschaut, so ausge-
sehen, als hätten sie's, Lottospiel, wenn er's merkt, Polizei,
merkt er's nicht, zu spät, dann haben wir's, keine Ahnung,
nichts fehlt, »Fehlt nichts?«, »Nein«, allgemeine Heiterkeit,
Zoo, raus, Polizei da, Schaffnerin, »Das ist der Herr«, wann
zuletzt hat denn jemand Herr zu mir gesagt?, »Guten Tag,
alles in Ordnung, die haben's mir gegeben, gefunden,
geklaut, gegeben, keine Ahnung, danke«, Grün zuckt mit
den Schultern, geht, ich gehe auch, langsam kommen wir
wieder in der Gegenwart an, Auszeit, du solltest dir eine
komplette Auszeit nehmen, mit allem Drum und Dran,
kompromisslose Auszeit, nach Berlin gehen, und eine
Auszeit nehmen, hinsetzen, Auszeit, großräumige Wohnung mit nichts drin, Bett, Stuhl, Tisch, reicht schon,
Küche muss drin sein, so genannte Einbauküche, Balkon
muss auch da sein, ob's hier einen Kaffee gibt, im Regionalzug nach Wittenberge, Winterlandschaft, kommt die
Landschaft zur Ruhe, musst du auch zur Ruhe kommen,
das ist doch Schnee, da, in den Wäldern, der Schnee ist in
die Wälder gefallen, eingedrungen, das kann doch kein
Raureif sein, das ist doch Schnee, verstepptes Deutschland,
der Münzmacher war's, nicht die gebrechliche Eichel, der
Münzmacher hat gesagt, Bürger, gebt euer Geld dem Staat,
konsumiert weniger, das hat der Münzmacher gesagt,
einem Land, in einem Land, da wo viele gar nicht wissen,
was das ist, konsumieren, viele wissen gar nicht, wie das
geschrieben wird, nicht wahr, aber Münzmacher sagt,

Bürger, gebt dem Staat euer Geld, nix konsumieren, also, wenn einer das sagt, wenn sich da einer hinstellt, und sagt, Bürger, Geld her, oder Staat kommt, dem muss man sofort den Schillerorden verleihen, und den Karlspreis, und den Valentinsorden, und den Orden wider den tierischen und soweiter, und den Friedensnobelpreis, alle Preise zusammen hat der verdient, und eins hinter die Ohren, nein, reicht nicht, auf den Kopf, obendrein. Posthornsignal. »Wir erreichen jetzt den Bahnhof Oehna.« Schneller erreicht als gesagt. Ich habe gar keine Lust, mich bei dir zu melden. Vielleicht ist es besser, wenn ich mich gar nicht mehr bei dir melde. Auszeit.

Körper, gelobtes Land. Wenn aber der Körper sich meldet. Dass du nicht da bist, und dass das nicht kleinzukriegen ist, das Fehlen. Du fehlst. Und die plötzlich gleichmäßige Ruhe, nie bin ich in Magdeburg ausgestiegen, man fährt hinein und kommt nicht hindurch, man bekommt von Magdeburg immer nur einen Anfahreindruck, Magdeburg wird immer nur angefahren, ich möchte aber durch Magdeburg mal ganz hindurchfahren, immer kommt man da aber nur seitlich an, verlässt Magdeburg rückwärts, ein stark in Richtung Magdeburg ziehender Magnet, der mit seitlicher Erreichung der Stadt sofort seine Anziehungskraft zu verlieren scheint, schon entweicht man der Stadt rückwärts, Magdeburg ist verriegelt, was ich vorwärts sehe, zieht sich auch wieder rückwärts entlang, ein Doppelturm, eine Doppelspitze, links, hinten, rückwärts, wenn aber eine Anziehung so groß ist, wenn aber du nicht du bist ohne mich, wenn aber ich nicht ich bin ohne dich, wenn aber ich nicht ich bin undsoweiter, und du bist in Deutschland und ich bin in Berlin und die Entfernung ist beileibe

nicht groß genug, wir sind weit genug voneinander entfernt, ich jage dir zu, ich höre dich mir zu, deine Lippen,
dass sie nicht da sind, du bist so unzuverlässig, du wolltest
dich doch noch mal melden, was treibst du?, kann dich nirgends erreichen. Melde dich doch mal, vermisse dich sehr,
ich, im bitterkalten Berlin, ich küsse dich, und sehne mich
nach dir, eine Entfernungsliebe, Sehnsucht ist eine Krankheit, weiß ich jetzt, dass ich dich umfassend vermisse, sage
ich dir, Telefon, wir leben von Mund zu Ohr, ich frage dich,
»Liebst du mich eigentlich«, und du sagst, »Ja«, ich meine,
was soll da noch schief gehen, Berlinunsicherheit, habe ich
verschiedene Wohnungen angeschaut, klaffende Häuserfronten, Mitte verstopft, Ausstellungsware, Berlin ist gar
keine Stadt, das ist nur eine charmelose Masse, eine scham-
lose, ein Stadtteil jagt den anderen, wenn es uns gelingt,
einander ganz zu vertrauen, einander in die Hand zu geben, Charlottenburg kommt nicht in Frage, Spandau
kommt nicht in Frage, Tempelhof kommt nicht in Frage,
Steglitz kommt nicht in Frage, Stuttgart kommt nicht in
Frage, Schöneberg kommt nicht in Frage, Pankow kommt
fast nicht in Frage, Hohen-, Nieder- und Amhöchsten-
hohenschönhausen kommt nicht in Frage, das wiedereröffnete Mies-van-der-Rohe-Haus, da will ich einziehen,
ich will jetzt auf der Stelle ins wiedereröffnete Mies-van-
der-Rohe-Haus einziehen, über Leipzig wird jetzt immer
besser gesprochen, auch ich spreche über Leipzig immer
besser, Leipzig ist eine vorstellbare Stadt, wäre nicht, wie
gesagt, das alles verschluckende, wie gesagt, das Völkerschlachtdenkmal, eine durch die Abteilfenster zitternde,
eine an den Fensterstreben des Zugabteils entlang rat-
ternde Wintersonne, zehn Grad minus, die aber als zwan-

zig Grad minus empfunden werden, steht in der Zeitung, eines Tages gehe ich da hinein, ins Völkerschlachtdenkmal, eines Tages reiße ich es ab, das Völkerschlachtdenkmal, ich meine, das Völkerschlachtdenkmal ist nichts durch die Geschichte, diese Geschichte ist fast alles durch das Völkerschlachtdenkmal, ich kann mich nicht beruhigen, fahre ich durch Deutschland, dieses am Faden hängende Deutschland, dieses selbst ernannte Schlusslicht, diese feiste Masse Jammertal, und ich selbst ein Jammertalist, ich denke immer nur ans Völkerschlachtdenkmal, mein Kopf hat schon Völkerschlachtdenkmalform angenommen, träume ich, hat nur das Völkerschlachtdenkmal darin Platz, im Kopf, es soll in ein Museum verbracht werden, in Stücke gehauen, weltweit in die Museen verteilt, hier, Stück vom Völkerschlachtdenkmal, ehemals Leipzig, Brocken, Klotz, Ziegelstück, Stoneage, fünfzig Minuten vor Hannover, rückwärts auf Hannover, auf Bremen zu, von Magdeburg kommend, an Leipzig denkend, fünfzig Minuten vor Hannover, rückwärts, dann links, eine anmutende Gegend, Landschaft, Sprengel, Flecken, Gehöfte, aussteigen, da bleiben, für immer, vor Braunschweig also, aber nie und nimmer in Braunschweig, es kann in Braunschweig nicht geblieben werden, Braunschweig hat die Anmutung einer Zwischenlösung, www.braunschweig.de, wie überhaupt die meisten deutschen Städte einfach überflüssig sind, Eintracht Braunschweig ist nicht überflüssig, der Kommentar, die meisten deutschen Städte sind überflüssig, ist überflüssig, denke ich an dich, muss ich an Deutschland denken, an dich denken, heißt, in Bewegung sein, dreizehn Uhr und zweiundfünfzig Minuten am zehnten Dezember zweitausendzwei von Braunschweig weg, es gibt sie also

122

noch, die pünktlich gehende Uhr der Bahn, vom Zug aus
gesehen, ist Deutschland eine einzige Kulisse, ich weiß
nicht, ob ich da nicht ganz einsam bin, in dieser Wohnung,
schon wieder einen Schrank kaufen, ich habe in ganz
Deutschland Schränke hinterlassen, stell ich mir vor, einen
Schreibtisch, schon wieder einen Schreibtisch kaufen, die
wievielte Waschmaschine ist das jetzt, überall Wasch-
maschinen stehen gelassen, eingezogen, gekauft, ausgezogen, stehen gelassen, es fehlt an allem, kein Besteck, nicht
wahr, auch das Besteck, die Teller und Tassen, alles stehen
gelassen, »Sich sammeln – aufstehen – ein Mann sein«,
schrieb neunzehnhundertneununddreißig ein Mann, unter ein Bild, die Figur zerschlagen, schon wieder ein neues
Bett, wie viele Betten, wie viele Schränke, alles wegschmeißen, alles neu kaufen, ich ertrage oft deine bloße Anwesenheit nicht, ich meine, wir befinden uns in demselben
Raum, wir gehen miteinander spazieren, wir sind in so
genannter Gesellschaft, in Gesellschaft sein, nicht wahr, ist
ja mitunter das Unerträglichste, »Wenn ich einen Menschen sehe, habe ich Lust, ihm eins in die Fresse zu hauen«,
schrieb mal jemand, der neunzehnhundertzweiundvierzig
in einem Petersburger Gefängnis verhungert ist, wer sich in
die Gesellschaft begibt, kommt in ihr um, und ich halte
dich nicht aus, ich halte deine bloße Anwesenheit nicht
aus, man mag das mit den Sternen erklären, dass die sogenannten Konstellationen nicht günstig seien, undsoweiter,
dass also die Sterne nicht stimmen, was stimmt denn bei
euch nicht, die Sterne, aha, ich ertrage deine Überschwäng-
lichkeit nicht, deinen Selbstdarstellungsdrang, nicht wahr,
dein Gebaren, deine Offiziosität, ein Monsterwort, das es
trifft, es ist mir dann zunehmend unerträglich, mit dir im

selben Raum zu sein, ich möchte dann alles zurücknehmen, was ich je Schönes und Liebes über dich gesagt habe, dir, alles streichen, alles ungesagt machen, ich möchte dir dann liebend gern sagen, was für eine unerträgliche und in der Unerträglichkeit Unerträgliche du bist, die ohne öffentlichen Spiegel, und sei er auch bodenschwer zerkratzt, nicht atmen kann, aufgezogen, mit großer Schraube, die größer ist als du, die dich überragt, die so groß ist, dass du sie gar nicht sehen kannst, die Schraube, so unerträglich bist du mir dann manchmal, dass ich wünschte, dich nie kennen gelernt zu haben, dir nie begegnet zu sein, ach komm her, der das sagt, ist eine Hochzicke, dabei will ich dich nur in meine Arme schließen, deine Kälte, nicht wahr, deine wichtige Herzlosigkeit, dein bitterer Mund, die um deinen Mund flatternde Bitterkeit, Abweisung, Zurückweisung, deine Lieblingsworte, und ich stelle dich kalt, ich lasse dich in einer Ecke, ich ködere deine Abweisung und fahre einfach ab, lasse dich stehen, sich sammeln, aufstehen, ein Mann sein, nicht wahr, ich habe das Kofferpacken zur Kunst erklärt, Ende des Jahres zweitausendzwei ist das Kofferpacken eine neue Kunst, eine Kunstsparte geworden, und du kannst dir deine Spalte selber stopfen, denke ich plötzlich, deine Sparte, dein Zubettgehritual, Jetztbinichabermüderitual, dann liegst du steif wie ein erschlagenes Reptil unter einer noch steiferen Decke im Bett, wie kurz vorm Eingefrorenwerden, stell ich mir vor, und liest in einem Journal, nicht wahr, machst dir mit einem Bleistift Notizen, fertigst kunstvolle Anstreichungen an, so müde, und ich habe schon gar keine Lust mehr, dich anzulangen, alles vergangen, sehne mich fort, du bist mit einem Mal ein Bleistift, der mir die Worte führt, ich führe dich übers Papier, ich breche dich ab, ich spitze dich, du führst mir die Hand, es ist aber noch nicht ausgemacht, ob der Bleistift die Hand oder umgekehrt die Hand den Bleistift führt, die abbrechende Hand, sich sammeln, aufstehen, ein Mann sein, das Unerträgliche durch Weggehen beenden, auf dem Sofa schlafen, das ist ein Missverständnis neben dir, du aber wie ein Springmesser pfeilgerade, was, du gehst anderswo schlafen? Entsetzen im Gesicht, Augenstarre, Es-nicht-fassen-können, gibt es doch nicht, undsoweiter, gehe auf dem Sofa schlafen, du schlaflos, hast dann die ganze Zeit nicht mehr geschlafen, sagst du, kommst dann manchmal unter die Decke gekrochen, aufs Sofa, am Morgen, komme dann manchmal zu dir ins Bett zurück, noch in der Nacht, am Morgen, in Bremen hinein, an dieser Häuserschlange vorbei, übereinander gestockte Wintergärten, langsam auslaufender Zug, hochglasige Verandafronten, Häuser wie selten. Das lädt doch zum Verbleiben ein, in Deutschland, das ist doch eine Entdeckung, Kopfsteinpflaster Deutschland, am elften Dezember zweitausendzwei, dann in der Warteschleife, Hauptbahnhof Bremen, frische Brise wäre schon nicht mal mehr eine Untertreibung, es ist dermaßen kalt, das Gesicht bleibt stehen, geschlossene Augen sofort zugefroren, also Augen auf!, Gesicht scheint eher eine aufgesetzte Maske zu sein, eine Verspätung jagt die andere, die Gleise müssten voll stehen mit verspäteten Zügen, ein verfrorenes Leben, soll man jetzt vielleicht doch in die Verlangsamung einsteigen, den so genannten Regionalzug, Bahndesaster, man möchte die Bahn zu einem Klumpen formen und gegen die Wand hauen, soll man, soll man den Regionalzug, den bis unters Waggongewölbe überfüllten Regionalzug nehmen, die paar

Meter bis Hamburg, ich meine, doppelte Fahrzeit, soll
man, da ist der auch zu spät, vierzig Minuten, wir bitten
um Ihr Verständnis, nix da, überhaupt kein Verständnis
mehr, aus Verständnis ist Unverständnis geworden, man
hat die Augen noch nicht ganz geöffnet, flatterndes, begin-
nendes Tageslicht, die Augen sind noch geschlossen, es ist
aber schon so, dass man weiß, die Augen sind noch geschlossen, und in wenigen, nein, nicht Augenblicken, in
wenigen Minuten wird man die Augen öffnen, es ist das ein
Vorverständnis, mit diesen geschlossenen Augen, ein Ein-
verständnis wohl auch, mit diesen geschlossenen Augen,
die gleich aufspringen werden, und mit dem Aufspringen
der Augen, mit dieser Sichtweise, springt das Vorverständnis hinüber in ein Unverständnis, sich wiederzu-
finden, wo das sich Verlieren gestern unterbrochen wurde,
»Ich gehe wie im Schlaf am Tage und liege wach in der
Nacht«, und weiter, »Den Vorteil habe ich jedoch, dass ich
überall gleich gut abbrechen kann, so wie ich jeden
Augenblick den Faden abschneiden kann, den ich selber
spinne«, sagt der alte Däne, mit geöffneten Augen ein völ-
liges Unverständnis, kaum überprüft man die Deckungsgleichheit zwischen dem Vorgestellten, dem bei geschlossenen Augen durch das Geschlossene hindurch Vorgestellten
und dem tatsächlich vor Augen sein, von Anfang an geht
diese Überprüfung vonstatten, sobald die Augen auch nur
gerade schon geöffnet sind, fängt das an, mit der Überprüfung der Deckungsgleichheit, ob das überein passt, das
Vorgestellte, das Gesehene, und das Vorgestellte ist auch
schon ein Gesehenes, ein Vorgesehenes, und dann ist es
deckungsgleich, dann ist es genau, was eine große Enttäuschung ist, das Aufwachen und Augen öffnen hält eine

126

große Enttäuschung bereit, diese Deckungsgleichheit, diese
tagtäglich sich einstellende Deckungsgleichheit, und jetzt
also sollen wir hierfür Verständnis haben, dass selbst der
erniedrigende Regionalzug Verspätung hat, wo ist er, dem
man dafür in die Fresse hauen kann, das ist nicht mehr
meine Bahn, sagt der Schaffner, der aus Köln kommt, der
Kölsch spricht, sagt der Schaffner aus Köln, das ist nicht
mehr meine Bahn, die kriegen das mit dem Räumdienst
nicht geregelt, die pennen einfach, in einem Jahr ist
Schluss, dann hör ich auf, am liebsten wäre jetzt schon
Schluss, da lassen die die Gleise zufrieren, in einem Jahr ist
Schluss, sagt der Schaffner im Intercityexpress nach
Hamburg, eine Intercityexpressverspätung, aufwachen,
Verspätung haben, Verspätung denken, das da hinten ist die
Alster, der See, der langsam zufrierende See, die Eisstücke
da, eine sich schließende Eisschicht, Eis kommt, dann kann
man drübergehen, über den See spazieren gehen, ein
Sonnentag, Hamburg in Sonne, USA drohen Angreifern
mit atomarem Gegenschlag, USA wird abgeschafft, da soll
wieder Wilder Westen hin, mit Spielzeugpistolen, Hamburg ein so genannter Blitzbesuch, da verlässt die mich,
sagte Sören, sie hat mich endgültig verlassen, und das ist
gut so, sagt Sören heute, am elften Dezember zweitausendzwei, im Raumschiff, und wenn ich einmal groß bin,
fahre ich nicht mehr Bahn, dann schreite ich mit zwei
Fingern bloß noch die Landkarte ab, und bin schon da, bin
schon da, eine glühende Halbsonne am zwölften zwölften
auf Frankfurt zu, die Tagestrübung hinter Hannover, wir
sehen uns seit Tagen nicht, auch das Telefon für Tage
abgerissen, für eine Nacht, für einen Tag, Frauen sollen ja
immer gerne hören wollen, dass man sie begehrt, ich sage

dir, wie sehr ich dich begehre, und bereue das sogleich,
Frauen sollen ja immer gerne hören wollen, dass man sie
begehrt, das ist schon der Teufelskreis, in die Knie zwingen,
sagst du, ich wolle dich durch Nichtmelden, durch Nicht-
anstelefongehen in die Knie zwingen, das sei Erniedrigung,
Geschlechterkrieg sei das, wer gibt nach, wer geht vor dem
anderen in die Knie, du bestrafst mich durch kalte Igno-
ranz, sagst du, im Zugabteil über dem Gang neben mir sitzt
eine Frau, deren Oberweite dazu angetan ist, ihr einen
Zettel zu geben, auf dem zu lesen steht, »Entschuldigung,
ich würde gerne deine Brüste sehen, jetzt, auf der Stelle,
mindestens aber würde ich dich gerne küssen«, das sollte
doch möglich sein, diesen Zettel zu schreiben und ihr zu
geben, einmal im Leben muss das doch drin sein, nicht
wahr, diese Frau schreibt seit Stunden mit einem spitzen,
stets von ihr spitz gehaltenen Bleistift auf mehrere Bögen
ausgedruckten, vorbeschriebenen Papiers, dabei hastig
zwischen den einzelnen Seiten hin- und herspringend, das
müsste doch möglich sein, ihr diesen Zettel zu geben, nicht
wahr, und dann setzt diese Frau den Radiergummi an, und
radiert das Geschriebene wieder aus, löscht es aus, das
Geschriebene, spitzt den Bleistift nach, und löscht es aus,
schreibt es hin, und löscht es aus, immer wieder neu setzt
sie an, das muss doch mal möglich sein, so was auf einen
Zettel zu schreiben und diesen Zettel ihr dann zu geben,
was zögere ich denn, was schreib ich das denn hier auf,
anstatt es ihr zu schreiben, diese den Pullover völlig aus-
wölbenden Brüste, diese auffallenden Brüste, warum aber
nicht, warum das nicht mal auf einen Zettel schreiben,
»Entschuldigung, ich würde gerne deine Brüste sehen,
jetzt, auf der Stelle, mindestens aber würde ich dich gerne

küssen«, und ihr geben, dann eben nicht, setzt den Radiergummi an, und löscht es aus, dabei hattest du bloß vorgeschlagen, gemeinsam zu Freunden zu fahren, wenn wir uns nach Tagen wiedersehen, ich brauche Aufheiterung, nette Gesellschaft, hast du gesagt, das enttäuscht mich aber, dich nicht allein zu sehen, nach Tagen, habe ich nicht gesagt, aha, dann bin ich also keine nette Gesellschaft, dann verdunkle ich also alles, habe ich gesagt, nein, ich mache dir jetzt keine Szene, habe ich auch gesagt, und mich einfach nicht mehr gemeldet, nichts mehr von mir hören lassen, Göttingen, vier Uhr und dreizehn Minuten am zwölften Dezember zweitausendzwei, Punkt Göttingen, ob da eine Göttin im Namen steckt, ein Gottding, ob es nicht vielmehr Göttinnen heißen muss, und man hat sich nicht getraut, den Zettel, schreib ihr jetzt den Zettel und gib ihn ihr, dann kann sie sich immer noch erheben, immer noch kann sie dann aufstehen, und dir einfach eine runterhauen, sie könnte diesen Zettel aber auch, sie könnte die Kugelschreiberschrift auf dem Zettel aber einfach auch auszuradieren versuchen, nicht wahr, sie radiert den Kugelschreiber aus, bis nichts mehr zu lesen ist, und gibt dir dies zurück als Antwort, einen ausradierten Zettel, ein Nichts, Christinen Mineralwasser, mit dem Prädikat »spritzig«, dass es aber zwei Geschlechter gibt, das ist das Merkwürdigste, hat es nicht ein Geschlecht auch tun können, ein Geschlecht für alle, und damit basta, ein Einheitsgeschlecht, ein fickloses Einheitsgeschlecht, das wäre das Beste, warum, auf einer kleinen Serviette zusammengefasste Bleistiftreste, abgespitzte Bleistiftreste, Radiergummireste, jetzt steht die Frau auf und geht mit dem Portemonnaie in der Hand geht die Frau Richtung Speise-

129

wagen, jetzt könntest du den Zettel schreiben und auf ihren
Platz legen, sie kommt wieder, findet den Zettel vor, liest,
tritt zu dir hin, zeigt dir ihre Brüste, und dann?, durchs
Gesicht fahrender Schnee, durchs Gesicht fahrende Bö-
schung, beim Blick aus dem Abteilfenster, Tunnelblick,
vielleicht aber hat die Frau ihr ganzes Leben schon auf so
eine Anfrage gewartet, die sie als unverschämt natürlich
retournieren muss, ich meine, wir könnten ja auch aufs
Klo gehen, sie zeigt mir ihre Brüste, ich schaue mir ihre
Brüste an, und dann?, jetzt kommt die Frau zurück an
ihren Platz, und auf ihrem Platz findet sie keinen Zettel,
weil du den Zettel nicht geschrieben hast, unter Kindern
grassiert die Managerkrankheit, steht in der Zeitung, sollte
es dann aber nur Männer oder nur Frauen geben?, nur
Männer sollte es geben, die Frau nimmt ihre Siebensachen,
und steigt aus, in Kassel-Wilhelmshöhe nimmt die Frau
endlich ihre Siebensachen und steigt aus, es ist dann aber
so, dass zu viele Frauen wieder einsteigen, nicht wahr, wie
man in Kassel-Wilhelmshöhe aussteigen kann, ist mir
unbegreiflich, und wieso da welcher Wilhelm hoch ist,
welcher Wilhelm soll das denn sein, der da hoch ist in
Kassel-Wilhelmshöhe, um sechzehn Uhr und neunund-
dreißig Minuten, einen halben Mond gibt es heute, es ist
so eine frauenunwürdige Stimmung in mir, sich sammeln,
aufstehen, ein Mann sein, halbierter Mond, eine schwarz-
haarige Frau hat den Platz der in Kassel-Wilhelmshöhe von
Bord gegangenen Bleistiftfrau eingenommen, und diese in
Kassel-Wilhelmshöhe zugestiegene Frau geht jetzt daran,
kaum, dass sie Platz genommen hat, mit einer zierlichen
Bürste ihre wirklich pechschwarzen Haare zu kämmen,
mit einem dunkelroten Lippenstift ihre Lippen zu krönen,

130

dann wieder ihre Haare zu bürsten, so voll durchgezogener Rechen, Lippenstift muss im Anschluss daran nachgezogen werden, da durch Unachtsamkeit mit dem Bürstenärmel weggewischt, Lippenstift jetzt am Leder des Bürstenärmels, wo er bekanntlich nicht hingehört, Taschentuch raus, mit Spucke benetzt, Lippenstift wird versuchsweise weggerubbelt, als das nichts nutzt, augenscheinlich, muss der Ledermantel, die Lederjacke komplett ausgezogen werden, um den auf dem Bürstenärmel gelandeten Lippenstift mit bloßen Lippen aus dem Bürstenlederärmel herauszusaugen, nachdem von eben diesen Lippen jegliche Spur, jeglicher Rest, Anflug des aufgetragenen Lippenstifts mittels eben jenes Taschentuchs wieder abgetragen wurde. Nach wohl zufriedenstellendem Ergebnis dieser Unternehmung wird der Ledermantel, die Lederjacke wieder angezogen, die Bürste striegelt wieder das solchermaßen in Unordnung geratene pechschwarze Haar, der Lippenstift wird wieder auf die strahlenden Lippen praktiziert, undsoweiter. Es muss an diesem Platz liegen, auf Frankfurt zu, dass hier etwas nicht zur Ruhe kommt, zur Sache kommt, immer wieder von vorne beginnt, ich spreche auch jetzt nicht von dir, aber ich spreche dich in deiner Abwesenheit, und du verstehst immer, ich breche dich, dein Schweigen ist eine Kriegserklärung, sagst du, am Telefon, das sei Kindergarten, so zu schweigen, sprichst du mir auf, wir sollten unsere Sturschädel einpacken, sagst du, »Ich finde es besser, wenn wir uns nicht sehen und du alleine zu deinen Freunden fährst. Ich weiß nicht, was ich von uns halten soll«, schreibe ich dir endlich kurz, sofort bereuend, dieses Zeug abgeschickt zu haben, dazwischen hinterlässt du wieder eine Nachricht, »Schade, dass du dich nicht überwinden kannst, mir zu antworten, mit mir zu sprechen«, liest dann erst wohl meine Nachricht, antwortest prompt, »Ich weiß jetzt erst recht nicht, was ich von uns halten soll. Mach einen Vorschlag zur Deeskalation! Diese Gewaltspirale macht mich fertig!« Heutzutage meint man, dass der eigentliche Ausdruck der Trauer, die verzweifelte Sprache der Leidenschaft den Schichten überlassen werden solle, die da als Anwälte bei einem niederen Gericht die Sache der Leidenden vor dem Richterstuhl des Mitleids vertreten, sagt der alte Däne. Wann ist heutzutage? Ist gestern heutzutage? Wie der Frohe die Freude sucht, schreibt Constantius, an ihr teilnimmt, schreibt er, wenn auch das, was ihn am meisten freut, die Freude ist, die in ihm selber wohnt, schreibt Constantius, so sucht der Trauernde die Trauer, schreibt er. Also wollen wir doch die Freude suchen, wir beide, wenn wir das überstanden haben, diesen Krieg, sagst du, sind wir verschweißt wie Pech und Schwefel, sagst du, als wir wieder in ein liebendes umwerbendes Gespräch miteinander gekommen sind, »Ich wollte dir noch sagen, du hast Recht, wenn wir da durch sind, sind wir verbunden wie Pech und Schwefel«, antworte ich dir später, kurz, eine Mitteilung. Solche kurzfristigen Begegnungen dann, solche reiseunterbrechenden, solche kurzfristig anberaumten, atemlos vollzogenen Wiedersehen, jeder aus seiner so genannten Welt kommend, im Hotel auf dich wartend, auf dem Hotelbett in deinem Hotelzimmer sitzend, und auf dich wartend, fernsehschauend im Hotelzimmer auf dem zugedeckten Bett sitzend auf dich wartend, im Sitzen schlendernd auf dich warten, allzu große Erwartungen an eine solch kurzfristig, der Umstände halber für nötig befundene Begegnung zu stellen,

132

ist gefährlich, also keine Erwartungen haben, abwarten, du klopfst an die Tür, du stehst vor der Hotelzimmertür, Drehknopf, da bist du, du siehst unverschämt gut aus, was ich dir sage, ein trockener Kuss, keine Umarmung, klaffende Differenz zwischen unserem letzten Gespräch, unseren Kurznachrichten, gegenseitigen Versicherungen, und jetzt, dein Groll sitzt tief, beidseitige Verhockung, Steifheit, bis über beide Ohren reserviert, nicht wahr, macht aber nichts, halte das aus, du wechselst die Hose, gehst hin und her, Haare bürsten, Lippenstift nachziehen, Schuhe, keine Berührungen, du hockst dich auf eine Ablage, bist erschöpft, ich nehme dich zu mir, deinen Kopf in meine Hände, die Hände den Rücken entlang, Offenburg, jetzt, die Deutsche Bahn hat die Speisewagen abgeschafft, na wunderbar, ist diese Epoche also zu Ende gegangen, als man noch sagen konnte, ich fahre Bahn, weil da kann ich essen gehen, da kann ich etwas essen, der Rollwagenmensch will auch nicht erscheinen heute, vierzehnter Dezember zweitausendzwei, die Sonne will auch nicht erscheinen, heute, es dauert sicherlich nicht mehr lange, da wird Amerika die Sonne für sich beanspruchen, so, die Sonne gehört jetzt uns, den bösen Staaten drehen wir ab jetzt die Sonne ab, Deutschland muss ein böser Staat sein, hat jemand hier zuletzt die Sonne gesehen?, eine allwärts eingereiste Nebelmasse, die überall herabgekommen ist, zäh fließender Nebel, die Sonne also wird dann von Amerika aus fernbedient, so macht man das dann, »Gehen wir essen?«, »Ja, gehen wir essen«, Weihnachtsmarkt, geschlossene Stände, Glühweinmenschenmasse, Menschentraube, überfüllte Restaurants, ich stecke meine Hände in die Jackentasche, um dir nicht die Hand zu geben, wir geben uns nicht die Hand, der Kleinkrieg wird fortgesetzt, das werden wir aber eines Tages ausgestanden haben, gib uns noch fünf Jahre, dann geben wir uns auch bei solchen Momenten die Hand, ein zur Neige gehendes Jahr, bin ich eigentlich jemals nüchtern gewesen in diesem Jahr? Versalzene Nudeln in Safran, eine Horde lärmender Amerikaner, haben wohl gerade den Mond besetzt, wir wechseln den Platz, drei Damen nebenan stellen sich der Aufgabe einer gutdimensionierten Süßspeise, du, plötzlich ausfällig, konfrontierst mich mit allen Unzulänglichkeiten, die mir anhaften wie Dreck unter den Sohlen, wirfst mich an, du würdest nicht merken, dass ich dies und jenes in Angriff nähme, ich ließe einfach alles so laufen, undsoweiter, kann mir das nicht anhören, zehn Minuten noch, und mir platzt der Kragen, du verlangst zum Glück die Rechnung, »Nach einem arbeitsreichen, erfüllten Leben ist er unerwartet infolge eines Verkehrsunfalls aus dem Leben gerissen worden«, lese ich am vierzehnten Dezember zweitausendzwei in einer im Zug rumliegenden Zeitung, »unerwartet«, ja, »Wenn die Sonne des Lebens untergeht, dann leuchten die Strahlen der Erinnerung«, steht ferner zu lesen, fragt sich nur, bei wem's dann leuchtet, »Die Rechnung, bitte«, zahlen, raus, noch zehn Minuten, wenn das noch zehn Minuten so weitergegangen wäre, ein Glück, dass du es unterbrochen, beendet hast, wenn das, sage ich dir später im Hotel, in deinem Hotelzimmer, wenn das nur zehn Minuten so weitergegangen wäre, das dicht unter der Schädeldecke Angesammelte, das immer dichter werdende, diese verhagelte Katastrophenstimmung, nicht wahr, ich wäre da noch rausgeflogen, keine Ahnung, hätte den Teller genommen und auf den Boden gehauen, kindisch, genau, eine

134

Scheißstimmung hast du hergestellt, sage ich dir, hier können wir uns in Zukunft nicht mehr treffen, in einem Hotel können wir uns in Zukunft nicht mehr treffen, jedes Mal entsteht in einem Hotel Scheißstimmung, du hast den Abend versaut, werfe ich dir vor, vorsätzlich hast du den Abend versaut, was ich allerdings schon alles versaut habe, darüber schweigt des Selbstsängers Höflichkeit, nicht wahr, sauer seist du noch, sagst du, wegen der Bremengeschichte, meinem Nichtaushalten deiner Überdrüssigkeit, Arbeitsverdunkelung, Jobscheiße, ob wir nicht deine Freunde treffen könnten, gefragt, bereut, sagst du, wenn du doch Enttäuschung direkt artikulieren könntest, sagst du, aber nein, du musst Theater machen, »Man steckt den Finger in die Erde, um zu riechen, in welchem Land man ist, ich stecke den Finger ins Dasein – es riecht nach – Nichts. Wo bin ich?«, fragt der alte Däne. Das frage ich mich auch – und weiter: »Wieso wurde ich Teilhaber in der großen Unternehmung, die man Wirklichkeit nennt? Warum soll ich Teilhaber sein? Ist das keine freiwillige Sache?« Gut gefragt, alter Däne. Und am selben elften Oktober ungenannten Jahres fährst du fort zu fragen, wirst der Fragen nicht müde, zu fragen: »Und falls ich genötigt werden soll, es zu sein«, Teilhaber dieser so genannten Wirklichkeit zu sein, »Wo ist da der Dirigent, ich habe eine Bemerkung zu machen«, sehr schön, diese Verbalgeste des Fingeraufzeigens. »Gibt es keinen Dirigenten?« Tja, ist Gott durch Parfüm ersetzt worden, Unterleib, der Papst meinte ja auch schon, Gott wende sich ab von den Menschen, jüngst meinte der alte Papst doch glatt, Gott ziehe sich zurück, fragt sich nur, wohin denn, wohin kann Gott sich denn zurückziehen?, den Rhein entlang, auf Koblenz zu, wirst du

135

umsteigen?, in den letzten Waggon einsteigen, wie vorgeschlagen, Rheinwasser, Containerschiffe, heute, auch hier,
ist der Papst dieser Gott, der sich abwendet, ist das vielleicht nur eine Todesahnung?, diesen Draht möchte ich
haben, das zu wissen, Gott ziehe sich zurück, na warte,
Loreley, mit dir werde ich auch noch fertig, dann kommt
das Völkerschlachtdenkmal auch zu dir, weiter im Text,
alter Däne: »Wo soll ich mich mit meiner Klage hinwen-
den«, da bin ich im Moment auch überfragt, »Das Dasein
ist ja eine Debatte, darf ich bitten, dass meine Betrachtung
mit erörtert wird«, klar doch, machen wir, und jetzt eine
zentralschwere Frage, um die es ja hier insgesamt geht,
nicht wahr, ums Wie, immer geht es ums Wie, wie es ist,
»Soll man das Dasein nehmen, wie es ist, wäre es da nicht
am besten, man bekäme zu wissen, *wie* es ist?« Ungelöst.
Stehen lassen. Und dann das: Eins zu eins wiedergelebt.
Wiederholung. »Mein Verstand steht still, oder richtiger,
ich komme von Sinnen. In dem einen Augenblick bin ich
müde und matt, ja wie tot vor Gleichgültigkeit, in dem
andern Augenblick rase ich und fahre verzweifelt von einem Ende der Welt zum anderen, um jemanden zu finden,
an dem ich meinen Zorn auslassen kann.« Mein lieber
Däne, du Ergebener, kotz dich aus, fahre fort: »Was ist doch
die menschliche Sprache für eine jämmerliche Erfindung,
die eines sagt und ein anderes meint? Ist mir nicht einfach
etwas passiert, ist das Ganze nicht eine Widerfahrnis?«
(Widerfahrnis, noch nie gehört.) »Konnte ich zuvor wissen, dass mein ganzes Wesen eine Veränderung durch-
machen würde, dass ich ein anderer Mensch werden
würde? Ist vielleicht das hervorgebrochen, was dunkel
schon in meiner Seele lag?« Seele wiegt immer so schwer,

136

weil sie so flüchtig ist, in Boppard steht der Zug dann still, alles außerplanmäßig, in Deutschland ist langsam, aber sicher alles außerplanmäßig, bis es eines fernen Tages heißen wird, in diesem Land, da stimmt was nicht, es läuft alles nach Plan, aber nach wessen Plan denn bloß, nicht wahr, nachdem sich auch Gott von den Menschen abgewendet hat, allein der Rhein, »Das Jammertal hat geschlossen«, singt der Sänger, »Was ist das menschliche Lautgeben, das man Sprache nennt, für eine jämmerliche Krähensprache, die nur von einer Clique verstanden wird!«, jämmerliche Krähensprache, sehr gut.

Heiliges Köln, du einzige aller deutschen Städte, nicht wahr, du Dom aller Dome, du freundliche Menschen aller freundlichen Menschen, du FC aller FCs, heiliges Köln, du bist im Kopf ganz nebenan, ganz vorne, in Koblenz bist du dann zugestiegen, mit deinem Koffer, von Frankfurt nach Köln in Koblenz, halbe Stunde Frieren auf dem verspäteten Bahnsteig, sehen wir uns nach Tagen wieder, oder es ist ein Wiedersehen nach kurzer Zeit, ein von Stunden unterbrochenes Wiedersehen, dein Frieren auf dem Bahnsteig in Koblenz, deine Fahrtunterbrechung, dein Zusteigen, schau mal, meine rechte Sohle ist gebrochen, sage ich dir, zeige ich dir, ein Riss quer durch die rechte Sohle, ein kaputter, ungehbarer Schuh, in Köln muss ich mir ein neues Paar Schuhe holen, sage ich, umtauschen, die müssen das Paar hier umtauschen, kaum halte ich mich länger als eine Woche in Deutschland auf, bricht die Sohle, möglicherweise ist eine solche Sohle grundsätzlich unbrauchbar, man sollte vielleicht nur auf Ledersohlen laufen, das Problem von Ledersohlen ist ja plötzlich eintretende, vom Himmel fallende Nässe, die sich dann auf dem Boden sammelt, mitten auf dem Weg liegende Nässe, mit Ledersohlen am Rheinfall von Schaffhausen, das sagt doch alles, Bodennässe, Luftnässe, Rheinnässe, am sechzehnten Dezember zweitausendzwei mit dreihundert Stundenkilometern auf Frankfurt zu, von Köln weg nach Frankfurt, ohne dich mit dreihundert Stundenkilometern auf Frankfurt zu, das hört ja nicht plötzlich auf, dieses ununterbrochene Richtungswechseln, fahre ich von Köln nach Frankfurt, bleibt es nicht aus, von Frankfurt wieder zurück nach Köln zu fahren, Arbeitsstress, in den Zügen fährt die Täglichkeit mit, Arbeitsstress, sagst du, reserviert im Bahnsessel hockend, eine halbe Stunde Frieren in Koblenz, weil du übersehen hast, dass wir, anstatt wie du sagtest, aus zwei entgegengesetzten Richtungen kommend, aus derselben Richtung kommend in dieselbe Richtung fahren, nämlich über Frankfurt nach Köln, du im nächsten Zug hinter mir her, sagst du, ich hätte gemütlich Köln erreichen können, sagst du, halbe Stunde Frieren in Koblenz, Arbeitsstress, sagst du, allgemein vorherrschender Arbeitsstress, überall im Abteil herrscht Arbeitsstress, Nachhausefahrer, eine total heruntergekommene Arbeitswoche, jeder hier hat eine vergessenswürdige, aus dem Leben zu streichende Arbeitswoche mit flach denkenden so genannten Mitarbeitern, mit flacher denkenden so genannten Vorgesetzten hinter sich, die innerhalb von drei Minuten das gesamte Konzept ändern, kommen zur Tür herein, sagen: Noch ganz anders, alles anders, anders Geplantes wird anders ausgeführt, und zwar sofort, und wenn du dir das nur eine Woche lang anhören musst, wenn du nur eine Woche lang versuchst, Boden unter den Füßen zu gewinnen, tatsächlich aber wird dir dieser Boden durch die fraglose Unfähigkeit deiner

so genannten Kollegen, durch die fraglosere Unfähigkeit
deiner so genannten Vorgesetzten immer wieder, und
immer wieder aufs Neue unter den Füßen weggezogen,
und du möchtest schon eine Knarre in der Schublade
haben, du siehst nach wenigen Tagen diese Knarre schon
laut und deutlich in der Schublade liegen, kommt also
dieser so genannte Kollege zur Tür herein, und bevor er
zum wiederholten Male bekannt geben kann, »Alles anders«, nicht wahr, bevor er auch nur durch artikulierte
Laute sich als der Spezies Mensch zugehörig zu erkennen
geben kann, ist er auch schon umgeblasen, wumm, hat's
ihn zu Boden gestreckt, und du siehst ihn schon zusammen
mit der Knarre in der Schublade liegen, das lese ich aus
den Köpfen der Nachhausefahrer, jeder hier hat nur diese
eine einzige Vorstellung im Kopf, die Knarre raus, in die
Schublade langen und die Knarre raus, endgültig raus mit
der Knarre, nun rücken Sie schon raus mit der Knarre,
wo bist du eigentlich?, das wäre doch mal eine schöne
Schießerei, wenn die Herren und Damen Kollegen, die
Herren und Damen Vorgesetzten hier in diesem Abteil
aufeinander hocken würden, eingepfercht, hineingepresst,
nicht wahr, und alle sind durch und durch Berufler,
niemand ist da, der Freizeitler wäre, auch in ihrer Freizeit
sind alle Berufler, und ihre Aktentasche, ihr Kulturbeutel
ist ihre Schublade, »An was denkst du denn?«, fragst du
mich mitten hinein in dieses Ausmalen, »Sohle gebrochen«, stottere ich, in Köln müsse ich dieses erst neulich
gekaufte Paar Schuhe umtauschen, dessen rechte Sohle
einen Riss durch die Sohle aufweise, eine halbe Stunde
Frieren in Koblenz, Knarre, und du erzählst was von einer
Sohle. Reserviertheit ist ja so vornehm wie sprachlos. Und

dann arbeitet es in dir, hinter deiner freundlich schei-
nenden, deiner aufstrahlenden Maske arbeitet es gewaltig,
du hast so eine Verärgerung in Redseligkeit verwandelnde
Begabung, gestockte, ins Schweigen rutschende Redseligkeit, du kannst dir beim Reden zuhören und hinter deiner
Maske klemmen, routinierte, berufsbedingte Freundlichkeit, undsoweiter, die von mir aber sofort bemerkte, sofort
aufgegriffene Maske, nicht wahr, ich unternehme es sofort,
dieser Maske auf den Grund zu gehen, diese Maske zu
unterbrechen, die Maske erwähnen, aussprechen, durch
einfache Fragen die Maske durchbrechen, und gelingt das?,
ich meine, das wäre ja unsere Rettung, das gegenseitige
Zerbrechen unserer Masken, dahinter das Erkennen ein-
setzt, und diese Maske war nur für dich bestimmt, dahinter aber noch viele Masken sind, und du lungerst ein Leben lang davor, ein Leben lang weißt du nicht, ob es nicht
deine eigene Maske ist, die du im anderen erkennst, eine
Notwehrerkenntnis, sozusagen, du versuchst, eine Art Bil-
dungsprogramm durchzuziehen, die Zeitung vors Gesicht
gestellt wie einen Paravent, Schutzschildpolitik, Strafregis-
ter, »Hier diesen Artikel schon gelesen, jenen?«, Achsel-
zucken, »Der ist aber wichtig, dieser Artikel, der oder die
sagt dir doch was?!, der oder die muss dir doch was sagen,
oder?!, der oder die kann für dich wichtig sein, muss für
dich wichtig sein, hier Süddeutsche, hier Frankfurter, hier
ZEIT, alles wichtig, wichtig, wichtig, die wichtige Deutsch-
landopferdebatte, die zur Zeit im Schwange ist, schon was
davon gehört, von dieser wichtigsten Deutschlandzweite-
weltkriegsopfergeschichte?!«, ist das Bildungsbürgerbeflis-
senheit, die du da ans Tageslicht legst, ist das eine Kom-
pensationsgeburt, Debatte, sicher, gehört, gelesen, zitiert,

140

geht doch jedem so, Maske, Angelesenes, nie zu Ende
Gedachtes, Halbnebel, und was du damit beweisen willst,
»Du hast doch sicher schon davon gehört?!«, »Der sagt dir
doch sicher was«, »Die sagt dir doch sicher was«, »Davon
spricht man doch zur Zeit«, das sind die klassischen Selbst-
beerdigungssätze, geknacktes, verstauchtes Selbstbewusst-
sein ist das Zeitungsgelesenhabenüberhöhungswider-
geben, das springt so vor, am Ball bleiben, nicht wahr, das
sind doch Am-Ball-bleiben-will-auch-ich-Sätze, Fernlen-
kung, Nicht-Ich, nicht wahr, was da so bildungserziehend
aus dem Mund fällt, das sind schon geistige Leichen,
Geistleichen im Halbnebel, die über den Boden, über den
abgetauchten Boden wanken, Bleichgesichter, die Bleiche
im Gesicht, Bleichstarre, mit weit aufgerissenen Mündern,
weit aufgerissenes Wanken, und an ihnen fährt der Zug
vorbei, und sie müssen draußen bleiben, der Tageszug, das
Schlagwortregister, die Aktualitätsfolter, der folternde
Sachzwang, der Denkverleih, die ins Hirn zu platzierende
Fremddenkplatte, die Meinungsabholregistratur, fährt da
glatt vorbei an diesen sternenweit aufgerissenen Mündern,
verschwindet, Rauchwölkchen im Halbnebel, so ist das,
wenn jemand wie überall artikelwehend dir gegenüber-
sitzt, wenn du es im schlimmsten Falle noch selber bist,
und du führst ein Selbstgespräch, es gibt gar kein Gegenüber, niemand ist zugestiegen, alles Einbildung, Kling-
stedthaftigkeit, Klingstedt wird kommen, aufkommen hier,
bitterer Mund, Weggestecktes, »Das ist kein Wintermantel,
den ich anhabe«, sagst du, »das ist höchstens ein Herbstmantel, für diesen Winterüberfall ist dieser Mantel gar
nicht geeignet«, sagst du, ein schöner Mantel, das ist keine
Bildungsfahne, ein Marionettendenken, du hast einen sehr

141

schönen Mantel an, einen gut ausgesuchten, dich fassenden Mantel, eine halbe Stunde Frieren in Koblenz, »Das ist kein Wintermantel, den ich anhabe«, sagst du, »das ist höchstens ein Herbstmantel, für diesen Winterüberfall ist dieser Mantel gar nicht geeignet«, sagst du.

Köln, wir sind müde. Ich habe dieses Deutschlandfahren langsam satt. Dieses Deutschlandfahren hängt mir langsam zum Hals heraus, du kommst aus dieser fahrplanumgestellten, neutariflichen Bahn nur heraus, du entkommst diesem Deutschen Bahnkreisel nur, wenn du in Berlin einen Mietvertrag unterschreibst, einen neuen Schreibtisch kaufst, einen Stuhl, ein Bett, einen Kleiderschrank, eine Waschmaschine muss her, als Erstes hast du Silberbesteck gekauft, einen Esstisch musst du kaufen, kein Geschirr ist da, einen Wasserkocher, Töpfe und Pfannen vorhanden, es nutzt nichts, pausenlos die Fahrpläne zu studieren, von den Fahrplänen muss man nicht reden, nicht wahr, ein Unterwegssein ist kein Hiersein, ein Unterwegssein ist immer woanders, ein Unterwegssein muss ja abgeschafft werden, Füße unter den Tisch, ein gekochtes Essen auf den Tisch bringen, du musst ein Fenster öffnen können, auf einen Balkon hinausgehen können, die Arme ausbreiten, im so genannten Berlin, im klimpernden Berlin auf einem Balkon stehen mit ausgebreiteten Armen und so tun, als sei man gar nicht in Berlin auf einem Balkon, als sei man nur einfach nicht mehr unterwegs, und das Hiersein sickert langsam ein, und das Frühjahr kommt, das jetzt auf Erfurt zu nicht zu ahnende Frühjahr, in Erfurt liegt nur Erfurt in der Luft, Wohnungsbesichtigungstermine sind ein Unterwegs von Uhrzeit zu Uhrzeit, eine leer stehende Wohnung, die mit dir angefüllt werden könnte, halb Deutschland steht leer, muss saniert werden, ist renovierungsbedürftig, in wenigen Fällen abgezogen und verputzt, durch die Verglasung zieht's, es zieht hier, dieses Fenster schließt nicht, Eckwanne in ehemaliger Abstellkammer, Blick vom anzubauenden Balkon auf einen bürgerlichen Hinterhof, einen verrotteten, pflanzenausgemerzten Friedhof, einen grasfreien Kessel, und welches Bild sollen denn Kinder von dem Ganzen bekommen, in dieser garantiert naturfreien, betonbelassenen Zone, Kinder aber schaffen selbst aus Nebel ein Leben, und immer heben sie etwas auf, und immer finden sie etwas darunter, was niemand sonst sieht, kaum wird dieser tadellos tote Hinterhof in seinen so genannten Ausmaßen erkennbar, kaum gibt etwas Himmlisches den Blick frei auf dieses Ausgestorbensein, das ist eine Verbannung hier, kaum ist dieser Hinterhof, diese als Gartenhaus getarnte Wahrheit raus, möchtest du dich auch schon hinunterstürzen vom anzubauenden Balkon, während der Estrich verputzt wird, Stromkabel aus der Wand, undsoweiter, »Kann ich nicht nehmen, die Wohnung, die würde meine Lebenserwartung drastisch verkürzen«, mitten in der Unbebauung, hinter Erfurt, vor Leipzig, Ikea, ein ins Brachland gewuchteter Ikeabunker, ich will nie mehr ein Ikea betreten, ein für alle Mal ist Schluss mit Ikea, vor Weimar ist also Schluss mit diesem Fertigteil gelebten Leben, einen Goethe kann man ganz klar problemlos auf einen Ikeabeistelltisch stellen, stellt man aber den ganzen Goethe auf einen Ikeabeistelltisch, bricht der Ikeabeistelltisch unter der ungehobelten Wucht des ganzen Goethe spanlos zusammen, nicht wahr, wer aber stellt schon den ganzen ungehobelten Goethe auf einen Ikeabeistelltisch, der ganze Goethe ist

143

selbst in Weimar nicht zur Hand, am siebzehnten Dezember zweitausendzwei von Leipzig weg gegen Berlin, welchen Zusammenhang gibt es zwischen einem Ikeabeistelltisch und dem Völkerschlachtdenkmal, das Völkerschlachtdenkmal steckt augenscheinlich in einer Sinnkrise, du hast geträumt, wir liegen eng umschlungen auf einer Wiese, das sollten wir öfters machen, eng umschlungen, eng umschlungen sollten wir öfters sein, die mehr und mehr auf der Hand liegenden Probleme, ich meine, unsere Probleme liegen ja mehr und mehr auf der Hand, ich bin deine Mutter, du bist mein Vater, eine kleine, eine kurze Berührung, deine Hand in meiner Hand, ein Anfassen, flüchtig, genau, das reicht manchmal schon, das ist das Wichtigste, man gerät an den so genannten Falschen, an die so genannte Falsche, und das Leben ist ruiniert, nicht mehr wieder gutzumachen, ein Dauerschaden, ein auch die folgenden Begegnungen ruinierender Schaden, eine Festsetzung, nicht wahr, das ist ja schon etwas Organisches, das hat ja schon Organfunktion, ein schlafendes Tier, das plötzlich nach oben kommt, das angreift, und wir wissen nicht woher, Familie ist immer ein schlafendes Tier, die Einrichtung Familie ist noch nie von jemandem verstanden worden, eine für sich, eine vor sich hin fahrende rote Lok, hinter Lutherstadt-Wittenberg, vierundzwanzig Minuten deutlich vor Berlin Ost an einer Häuserfront entlangfahrende rote Lok, Reproduktion ist die Einsicht in die Tatsache, dass Familie noch von niemandem verstanden worden ist, die Antwort auf diese Verständnislosigkeit heißt Reproduktion, die Natur fragt, Gott antwortet nicht, ein heruntergefallener Name, ein Familienname, der Mensch fragt, die Natur antwortet nicht, ein grassierender

Reproduktionszwang, nicht wahr, und dann das Ding mit der unbefleckten Empfängnis, eine Unvorstellbarkeit, ein Heimweh, ein Umdrehen, hinter Berlin-Schönefeld setzt Heimweh ein, die Strecke Berlin – Köln ist eindeutig eine Heimwehstrecke, Bahnsteige vereist, Berlin Anfang und Ende, Ruhleben, Witzleben, tägliches Eingleiten und täglich gleitet es aus, Familie ist der Grundschaden, grundsätzlich gerät man an die falsche Mutter, den falschen Vater, und ist eifersüchtig, ist neidisch auf die Mutter, den Vater der anderen, nicht wahr, dein Vater erscheint mir interessanter, deine Mutter, sagt man heimlich dem Freund, dem so genannten Schulfreund in der Pissbude auf dem Schulhof, und der Freund weist das von sich, ist auch an die falsche Mutter, den falschen Vater geraten, gerät man aber erst mal an den falschen Vater, die falsche Mutter, ist es schon für alles Folgende zu spät, alle Liebesdinge müssen scheitern, Berlin Ostbahnhof, eine rauchende junge Frau im Deutschlandparka, diese erbärmlichen Deutschlandparkas, schon in den Siebzigern habe ich diese Deutschlandparkas mit dem oben auf den rechten Außenärmel aufgenähten Deutschlandfarbenstofffähnchen nicht verstanden, die an sich scheiternde, die an sich selbst gescheiterte Familie heißt das Scheitern jeder Liebesangelegenheit, bis in den Reproduktionszwang hinein, hier, Kind, jetzt bist du da, wir haben da mal eine Frage, aber werd erst mal so alt, dann stellen wir diese Frage, es ist nämlich so, dass auch wir auf diese Frage keine Antwort wussten, dass auch unsere Eltern auf diese Frage keine Antwort gewusst hatten, dass auch wir auf diese Frage immer noch keine Antwort wissen, aber jetzt bist du da, du bist die Antwort, und wenn du einmal so alt bist, werden wir dir die pas-

sende Frage dazu stellen, nicht wahr, eine Familie ist immer
Fuhrmann, Fährmann, ist eine Familie immer, eine Familie
läuft immer aus, es ist aber noch nicht ausgemacht, ob das
Kind, oder zuerst die Eltern, undsoweiter, deswegen jedenfalls auch die so genannte Liebe, die so genannte Liebesbeziehung, die dann zu einer Leibesbeziehung, einer Lei-
besfruchtbeziehung wird, die dann aufhört, oder weiter
macht, aber wir sind uns doch einig, dass Familie immer
Scheitern heißt, dass in der Folge Liebe immer Scheitern
heißt, geboren werden und schon gescheitert, das ist ja
trotz allem das Lustige auch, das so genannte Eltern-
geheimnis, einmal Kind da, immer Kind da, Geburts-
scheitern, mit allen Wonnen, aller Verzückung, ein Kind
ist da, weil ein Kind immer schon da ist, schon ist das
Kind da, Hildesheim, wo führt Hildesheim hin, flach-
kastige Büroräume am Bahnsteig, Hildesheim im Schnee,
Deutschlandschnee, am siebzehnten Dezember zweitausendzwei um sechzehn Uhr und neunundzwanzig Minuten, ich meine, vielleicht haben wir ja gar keinen so
genannten freien Willen, nicht wahr, das Kind, das uns
aussucht, das zu uns gekommen ist, das plötzlich da ist,
und vielleicht werden wir ja doch über das hier eines Tages
lachen können, dass du dann meine ganze Hand nimmst,
ich dir nicht mehr in den Rücken falle, ich dir ganz im
Rücken stehe, doppelte, unverrückbare Stärke, sich einander so weit kennen, dass man sich aushält, erträgt, es
ist kein Aushalten da, sofortiger Zusammenbruch bei der
kleinsten Verunsicherung nur, nicht wahr, wir wittern eine
Verunsicherung auf Tage voraus, heute ist ein Verunsicherungstag, wissen wir dann, der Verunsicherungstag
ist sozusagen eingetreten, wir schauen in die Sterne und

146

entdecken eine Verunsicherungskonstellation, die auf uns zukommt, und die bloße, die bloßgestellte Verunsicherung wächst sich aus zur konstanten Verletzung, zur Niedertracht, zur Unterpflügung, Beseitigung, Beerdigung, da türmt sich was auf, spitzt sich was zu, ein Brecher, der über dich hereinbricht, hindurchtauchen reicht nicht, hinabgezogen werden reicht nicht, untergehen reicht nicht, das Jahr zweitausendzwei findet nicht statt, reicht nicht, Pläne schmieden reicht nicht, auseinander gehen reicht nicht, streng sein reicht nicht, nachlässig sein reicht nicht, warum aber Berlin, Berlin reicht vorne und hinten nicht, eine speziell heruntergekommene Berlinnatur, in Berlin wohnen reicht nicht, um in Berlin zu wohnen, man schafft Berlin dadurch ab, dass man in Berlin wohnt, dies aber niemandem sagt. Es ist das Uninteressanteste, wenn jemand in Berlin wohnt. Irgendjemand muss ja in Berlin leben. Irgendjemand muss ja die Drecksarbeit machen. Im selben Augenblick, in dem die Wirklichkeit eintritt, ist alles verloren, dann ist es zu spät, sagt der alte Däne, im selben Augenblick, in dem die Wirklichkeit eintritt, ist die Liebe verloren, er sehnt sich bloß nach ihr, undsoweiter. Die Alltagswirklichkeit, die Küchenwirklichkeit, die Arbeitswirklichkeit, die Beiwohnwirklichkeit, die Geschlechts- und Einkaufswirklichkeit, ist alles verloren, ist die Liebe verloren, hinter Fulda fahre ich auf die Liebe zu, auf Hanau zu fahre ich auf die Liebe zu, hinter Fulda, Nachtschatten Deutschland, überall die Lichter aus, scheint es, Stockfinsternis, Lichtlosigkeit, der Staat spart Licht, dem Lichtzwang entgegen spart der Staat Licht, »Denn die menschliche Feigheit fürchtet besonders die Erklärungen Geistesschwacher und Sterbender«, drei Zimmer, Küche, Diele, Bad, Balkon, Bad gekachelt mit Wanne, Küche mit Kühlschrank, Herd und Spülmaschine, renovierter Altbau, abgezogene Dielen, Stuck, zwei Zimmer durch eine Flügeltür miteinander verbunden, alle Zimmer über den Flur separat zu betreten, alle Städte über den Zug separat zu betreten, alles Leben entgleisbar, »Oder ist es vielleicht am besten, das Ganze zu vergessen? Zu vergessen – ich müsste ja aufhören zu sein, wenn ich dies vergäße, oder was ist das für ein Leben, wenn ich mit der Geliebten zugleich Ehre und Stolz verloren habe, und dies so, daß niemand weiß, wie es zuging, so daß ich sie auch nie wieder aufrichten kann.« Der du die Antwort gibst, der du vorgeschrieben hast, das Ganze vergessen, das ganze Vergessen, bin dann des öfteren in Mannheim in die Bahnhofsbuchhandlung und habe Rat in Ratgebern gesucht. Man will sich ja wiedererkennen, nicht wahr, man nimmt einen Ratgeber zur Hand, man schlägt den Ratgeber auf, tastet das Inhaltsverzeichnis, das Schlagwortregister ab, rast die Überschriften entlang, ja, nach innen geht die Reise, betreibt stehenden Fußes Fallstudien, erlaubt sich Seitenblicke, zeigt sich einsichtig, bis zur Durchsichtigkeit, vermeint, jeder hier in der Mannheimer Bahnhofsbuchhandlung müsse einen von nun an durchschauen, du nimmst einen so genannten Ratgeber zur Hand, was ist denn los, was ist denn bloß los, und schon bist du der gläserne Leser, der Durchsichtige, und es bleibt merklich was hängen vom Gelesenen, nicht nur vom üblen Gerede bleibt was hängen, du gehst ohne Ratgeber in die Mannheimer Bahnhofsbuchhandlung, nimmst einen Ratgeber zur Hand, blätterst zunächst mit heißem Eifer, stellst dich den Seiten, findest dich auf Seite einhundertdreizehn,

springst über, mitten hinein in die Seite einhundertsechs-
undneunzig, hast plötzlich auf Seite achtundvierzig, rück-
blickend, einen Spiegel, darin du dein alterndes Gesicht
erkennst, nicht wahr, es bleibt etwas haften, es richtet
dich auf, und aufgetankt gehst du gemächlich, schlendernd
fast, aus dieser Mannheimer Bahnhofsmission wieder
hinaus, mit breiten Schultern verlässt du dieses Institut,
hast ja was gelernt, was brauchbar ist, Minutenstärke gibt,
aufrichtet, »mich in all meinem Mikrokosmos so makro-
kosmisch wie nur möglich zu gebärden«, warum schließlich »soll ich mich so herausdrängeln lassen, warum bin
ich dann hineingestoßen worden?«, fragt der alte Däne,
plötzliche Pünktlichkeit der Züge irritiert kolossal, sich
vorbeischiebende Menschenmassen, die durch die Gänge
streichen, sind nicht auszuhalten, alle wieder raus, bei
nächster Gelegenheit, hofft man inständig, mit Menschen
in einem geschlossenen Abteil zu sitzen, reißt an den
Nerven, es ist unausstehlich, mit Menschen nebeneinander
in einem geschlossenen Abteil zu sitzen, in einem geschlossenen klimaanlagenbeatmeten Abteil mit so genannten Mitmenschen durch Deutschland zu fahren, ist zumindest nicht jedermanns Sache, wenn man so sagen kann,
sitze dann manchmal »zusammengesunken wie eine alte
Ruine und schaue alles«. Sich sammeln – aufstehen – ein
Mann sein. Besonders in Erinnerung geblieben ist mir eine
so genannte Todsünde, die ein Mann niemals einer Frau
gegenüber zu verstehen geben sollte, das heißt, wenn ein
Mann etwas dergestalt einer Frau zu verstehen gibt, ist das
eine Todsünde, ich meine, der eine schreibt ein Buch, der
andere liest es, um ein Buch zu schreiben, muss man nicht
unbedingt ein Buch gelesen haben, es könnte sich aber

empfehlen, ein Buch gelesen zu haben, wenn man ein Buch schreiben will, zumindest könnte man dann mit etwas gutem Willen der Gefahr entgehen, dasselbe Buch noch einmal zu schreiben, zum Beispiel Goethes Wahlverwandtschaften, der Ratgeber nannte es »Orgasmus auf Hessisch: Fäddisch!«, das sollte ein Mann einer Frau niemals zu verstehen geben, Fallstudien, nicht wahr, du suchst den und den Ratgeber auf und bist sofort eifersüchtig, dass nicht eins zu eins dein eigener Fall verhandelt wird, mit deinem eigenen Namen, alles eins zu eins, stattdessen irgendwelche amerikanischen Verhältnismäßigkeiten, Gesprächsbehandlungswürdigkeiten, es bleibt aber etwas übrig, etwas bleibt hängen, Wiedererkanntes, dass man nicht da allein ist mit seinen Entgleisungen, dass Liebe eine weit verbreitete Krankheit ist, für die man grundsätzlich nichts kann, bis die Zeit gekommen ist, in den eingefahrenen Zug einzusteigen, die Mannheimer Zeit ist für heute abgelaufen, du stellst den Ratgeber zurück ins Regal dieser Mannheimer Anstalt, nimmst deinen wuchtigen, voll gepackten, überflüssigen Koffer, das nächste Mal lasse ich dieses schwarze Monster einfach stehen, schwörst du dir, der soll mich dann nichts mehr angehen, den lasse ich einfach hier vor diesem Regal stehen, oder ich lasse ihn im Schließfach, wo er dann entsorgt werden kann, du stellst diesen schwarzen Monsterkoffer in ein Schließfach, womit seine Entsorgung bereits abgeschlossen ist, Millionen deutsche Schließfächer mit verlassenen Koffern, vor sich hin rottenden, im Schließfach zurückgelassenen Koffern, Entsorgungsanstalt Deutschland, Kofferentsorgung, Kofferland, Reisegesellschaft, diesmal aber schleppst du das Monster nochmal hinter dir her, diesmal noch nicht,

150

nächstes Mal, dann ist er fällig, dann machst du ihn fertig, am siebzehnten Dezember zweitausendzwei um neunzehn Uhr und dreißig Minuten rollt der Zug in Mannheim ein, und alle steigen aus, Ratgeber Mannheim, Passagierumschlagplatz Mannheim, Scharnierstadt, nach der Lektüre mehrerer Ratgeber hat man einen Überratgeber im Kopf, der sich selbständig fortpflanzt, der es mit sich selber treibt, wenn ein Zug einmal pünktlich ist, undsoweiter, dass sich alles abnutzt, ist das Unerträgliche, vielleicht war ja genau das schon unsere beste Zeit, als wir beisammen nicht zueinander fanden, und danach war Bewegung im Stillstand, ein Ratgeber aber zeigt, dass es beim Stillstand nicht bleiben muss, dass man sich noch nicht verliert, dass Stärke in der Schwäche wohnt, lass ab, Eitelkeit, lass ab, undsoweiter, in Karlsruhe kommt ein Mann in mein Privatabteil, alle Bannsprüche haben nicht geholfen, kein Abwehrzauber hat geholfen, reißt die Abteiltür auf, die nur ich aufreißen darf, fläzt sich mit »Hallo« in den Sitz, in den Sessel, mit Anzug, in den Sessel, Bänkeranzug, Deutschlandanzug, unverwechselbares Grau, Sie habe ich doch schon gestern und vorgestern, Sie habe ich doch soeben noch, Sie sehe ich doch dauernd, fällt mir ein, lässt die Abteiltür offen, als warte er darauf, dass eine schöne Unverwechselbare hineinspaziert kommt, kommt aber keine, da kann er lange warten, er hat den betretenen Bänkerblick, Anzug wie Zwangsjacke, wippenden Beines, gewichste Schuhe, den treibt irgendetwas um, steht auf, knöpft das Jackett zu, schaut aus dem Gangfenster, als traute er seinen Augen nicht, »als verstünde ich dies noch nicht, würde aber noch einmal dazu kommen, es zu verstehen, als lauerte bereits das Entsetzliche auf mich, von dem ich lese, als hätte

ich es auf mich gezogen, indem ich davon lese, gleichsam
wie man krank wird von der Krankheit, über die man
liest«, kommt wieder rein, haut sich in den Sitz, rückt die
Krawatte zurecht, wiegt den Kopf, als lauerte bereits das
Entsetzliche auf mich, sagt der alte Däne, es wird aber das
Entsetzliche gar nicht auf mich lauern, denn ich lauere auf
das Entsetzliche, und dann schmeiß ich es zum Fenster
raus, eine jede Zugfahrt ist ja eine Fallstudie, und Deutschland erfährt man gegen Abend, nachts, eben besser, als am
Tage, wo alles so laut und deutlich vor einem zu liegen
scheint, abends, nachts aber, wenn alles ins Randlose getaucht, wenn alles ausufert, und die Ängste der Kindertage
wieder nachts sind, wenn das Kindergesicht wieder da ist,
die Kinderaugen, die nach draußen schauen, wenn das
wieder da ist, nachts, durch Deutschland, quer durch, dann
erkennt man das alles viel vertrauter, als wäre es deutlich,
deutliches Deutschland, ein Dämmerschoppen, »Alles hat
seine Zeit, das Rasen des Fiebers ist vorbei, ich bin wie ein
Rekonvaleszent«. Mein lieber Constantius, ich bin nicht
wie. Wie soll das gehen, *wie* zu sein. Man ist. Einverstanden.
Nun könnte die Frage lauten, wie ist man denn. Existenz
und Dasein, nicht wahr, was und wie, aber dieses etwaige
Wie, dieses Als-ob, im Gewande des Wie, das reicht nicht
aus, man ist tatsächlich ja Rekonvaleszent, man hat eine
Prüfung durchlaufen, eine Prüfung, man durchläuft eine
Prüfung, was kein Spaß ist, jeder weiß, dass eine Prüfung
kein Spaß ist, das hier ist aber nicht einfach nur eine
Prüfung, diese Prüfung ist ein Bahnhof, von dem man
noch nicht genau weiß, ob er ein Durchfahrtsbahnhof oder
ein so genannter Sackbahnhof, ein Kopfbahnhof ist, diese
Prüfung heißt, du darfst passieren, sie ist ein Passierschein,

oder das Scheitern, und ist es das Scheitern, dann ist dieses abverlangte Scheitern ein so grundsätzliches, also so oder so heißt es, einsteigen, aussteigen, anders sein, und heißt das Anderssein schließlich Scheitern, dann ist das ein so grundsätzliches Scheitern, dass, und dass man manchmal nicht recht weiß, ob der Zug noch fährt oder still steht, kein Rücken ist zu vernehmen, kein Räderschleifen, Räderschaben, kein Schwarz ist zu sehen außer Schwarz, dieses Einheitsschwarz, dieses Draußen, ist also eine Prüfung eine einstweilige, und muss sie deshalb in der Zeit aufgehoben werden, so hebt dich das Scheitern auf, belässt dich nicht, greift dich an, erschüttert dich, grundfest, ist also die Liebe eine Prüfung, nicht wahr, so ist das Scheitern eine in dich hineinragende zweite Persönlichkeit, du hast alles verloren, du hast eine zweite Persönlichkeit gewonnen, du hast gar nichts gewonnen, sie ragt in dich hinein, fordert Platz und Beachtung, sie ist dein Scheitern, sie höhlt dich aus, frisst dich leer, schaut mit ihren eigenen Augen aus deinen, die die ihren sind, sie hat dich grundsätzlich enteignet, du bist Leibeigener des Scheiterns, andererseits, »wenn alles ins Stocken geraten ist, wenn der Gedanke still steht, wenn die Sprache verstummt ist, wenn die Erklärung verzweifelt umkehrt – dann muß ein Gewitter her«, und hier also, alter Däne, während der ganzen Zeit, tobt hier ein Gewitter, ein Liebesgewitter, ein Staats- und Landgewitter, und steht am Ende auch, »Die Stürme haben ausgerast – das Unwetter ist vorbei«, hier ist kein Hiobtrost, es ist ein Gewitter hier, und wir wissen uns nicht zu verhalten, wir stellen Fragen unentwegt, ich meine, wir können einen starken Vater und eine schwache Mutter haben, und es färbt ab, wir können einen starken Vater und eine starke

Mutter haben, und es färbt ab, wir können einen schwachen Vater und eine starke Mutter haben, und es färbt ab, und Vater und Mutter können beide gleich schwach sein, und auch das färbt ab, und wir können einen Vater, aber keine Mutter, eine Mutter, aber keinen Vater haben, undsoweiter, und in den so genannten Liebesdingen färbt das alles ab, reziproke Gegenfärbung und Gegenanziehung, sozusagen, eine kühle Mutter, und du suchst im Mann die Mutter, wenn der Mann sensibel ist, aber herrisch, aber stark; ein starker Vater, und du suchst in der Frau einen starken, aber anwesenden Vater, wenn die Frau kühl ist, aber stark, es ist immer Anerkennungsnachholung, wir sind eine Schnittmenge, ein Spielplatz seelischer Sachbeschädigungen, und wir gehen daran, die Einzelteile auszutauschen, es hockt das Alte, es hocken die alten Generationen so tief in unseren Brunnen, der Brunnen ist vorgeschädigt, das alte Wasser hat sich da tief hineingefressen in die von oben herab unsichtbaren, sichtverstellten Innenwände, tatsächlich haben wir das Generationenbrackwasser, das Generationenabwasser geerbt, das sich immer tiefer hineinfrisst in unser so genanntes seelisches Behältnis, mit dem dieses seelische Behältnis von Anfang an tatsächlich schon vollgefüllt ist, du öffnest die Augen, und von dem Tage an, da du merkst, du öffnest deine Augen, es sind deine Augen, die du öffnest, von dem Moment an, wo du merkst, die Augen, die sich gerade öffnen, die sich wie zum ersten Male öffnen, sind mir, ist das Wasser schon trübe, und es ist nicht zu entscheiden, ob dieses Wasser jemals klar gewesen ist, das Generationenwasser, das Generationen von Gehirnen durchspült hat, das den ganzen Generationenmüll seelischer Falschschal-

tungen, seelischer Schmorstellen, versuchsweise hinaus-
geschwemmt hat, nicht wahr, randvoll bist du angefüllt
mit diesem Erbe, sofortige Vertrübung deines eigenen
Hirnwassers, dein Gehirn schwimmt im Trüben, angelt im
Trüben, je trüber das Gehirnwasser, desto Deutschland, ich
meine, du siehst aus Trübem ins Trübe, und es ist nicht zu
entscheiden, ob es draußen tatsächlich so trübe ist, das ist
der wahre Generationenvertrag, anstelle gesicherter, vielmehr kreuz und quer unversicherter Renten sollte der Staat
Kläranlagen bereitstellen, Hirndurchspülungsmaschinen,
die schon noch Geschichten genug abwerfen, in den Klär-
reusen bleibt schon noch genug dann hängen, dass es
dieses Deutschland tatsächlich gibt, und die Räder der
Züge werden nicht müde, durch dieses Deutschland heiß
zu laufen, »hiermit werden Knoten und Verwicklung fester
angezogen und können nur durch einen Donnerschlag
gelöst werden«, ein Kind?, das hieße, das Kind mit dem
Brunnenwasser ausschütten, in das es gefallen ist, ein Kind,
wenn es klein ist, wenn es etwas nicht begreift, heute, am
vierundzwanzigsten Dezember zweitausendzwei, steht das
Kind also vor dem Tannenbaum, erzähle ich jetzt also die
Weihnachtsgeschichte, *Sag den Müttern, wir gehen*, eine
Weihnachtsgeschichte:
   »Einen Esel. Mutter schenkte mir einen Esel. Weihnachten. Einen selbst gemachten Esel. Stoffesel. Ein Esel
steht Weihnachten in der Krippe. Ich stand vor dem Esel.
Bin ich das? Handgenäht. Zusammengeflickt. Machte mich
aber nicht traurig. Mein Bruder bekam ein Schwein geschenkt. Schweine standen nicht in der Krippe. Davon
wusste ich nichts. Noch nie hatte ich davon gehört, dass
auch Schweine in der Krippe gewesen sein sollen. Wäre ein

Schwein dortselbst angetroffen worden, der Eifersucht wären keine Grenzen. So aber nur ein Esel. Mit wülstigen Nähten. Blau. Stoffblau. Von Mutter. Danke. Da du jetzt schon mal da bist, nehme ich dich. Da ich dich jetzt schon mal nehme, zumindest übergangsweise, schließe ich dich auch gleich in die Arme. Und zwar jetzt. Was gut tut. Du gefällst mir. Ich mag dich. Warum aber Weihnachten? Und dann einen Esel? Das Schwein meines Bruders gefiel mir nicht. Meinen Bruder mochte ich sehr. Warum bloß hat der ein Schwein bekommen? Ein handgenähtes Schwein. Ein Originalschwein. Stoffvergleich. Esel Frottee, Schwein Tuch. Esel blau, Schwein blumig. Heutzutage: Esel weg, Schwein auch weg. Beweis: Foto. Erstes Foto: Bruder, Esel, Schwein und ich. Zweites Foto: Kaum werden wir älter, fehlt uns der Esel, das Schwein. Der Esel ist ein Schwein. Und Mutter hat die selbst gemacht. Das heißt schon was. Das heißt alles. Ohne Mutter ist der nicht zu denken, der Esel, das Schwein. Bruder Cowboy, Indianer ich. So waren wir also ohne Geschichte, außer uns selbst, außer uns. Wer hier ankommt, hat jegliche Unschuld verloren. Die Unschuld ist kein Esel. Sie ist so unkenntnisreich. Ein Esel hat es schon hinter sich. Bei bloßer Existenz ertappt zu werden, nämlich. Und da stand ich also mit dem Esel. Im Bannkreis der Familie. Auch gut. Der Bruder bekam ein Schwein. Das Schwein steht nicht in der Krippe. Was auch besser war. Dieses Ursprungsgefühl. Dieser weihnachtliche Überfall. Gut, Esel, du kannst bleiben. Du kannst ein Esel bleiben. Vor deinem Eselsein warst du vielleicht ein Badetuch. Ein blaues Hemd vielleicht, etwas Ausgestrecktes, Ausgelegtes, Diaflaches. Jetzt hast du einen Körper. Einen Eselskörper. Vielleicht hast du schon lange deine Eselsgestalt wieder verloren, hast sie abgegeben. Du bist vielleicht verstreut, irgendwo. Da standen wir also mit Esel und Schwein unterm Tannenbaum. Ich weiß zwar nicht, wo du herkommst, lieber Esel, aber hier nennt man das Weihnachten. Der Baum steht erleuchtet. Ich meine, man kann ja gar nicht *unterm* Tannenbaum stehen, man steht ja immer *davor*. Also, wenn man einem Baum gegenüber steht, steht man immer davor, egal, von wo man steht. Weihnachtslieder. Von Schallplatte. Mutter kannte sie alle, Esel nicht. Ich kannte sie auch nicht, höchstens vom letzten Jahr. Der Esel hat also einen Gefährten, mich, den Esel. Bei eingehender Erforschung des Innenlebens habe ich sofort herausgefunden, dass Watte einen Esel machen kann. Eselswatte. Schmeckt aber nicht. So ein hineingefummeltes Loch ist schon eine Blamage. Wenn aber bitte schön das Loch schon vorher da ist. Guck mal, Mutter, ein Loch. War schon drin. Ich schwör's. Also das Loch hat mindestens schon vor mir angefangen. Ich habe das schon da gewesene Loch bloß vertieft. Ehrenwort. Unterm Tannenbaum. Musste den Esel nicht gerade artgerecht so halten, dass das Loch im Geheimen blieb. Nach drei Weihnachtsliedern wird das Grammophon abgestellt. Und zwar jetzt. Von Vater persönlich. Möge doch das Grammophon im Loch verschwinden. Und zwar jetzt. Wie von selbst. Lochandacht. Esel, wohin mit dir? Hast ja nur zwei Beine, und stehen kannst du auf deinen zwei Beinen schließlich nicht. Und dein Ohr. Hätte das besser angenäht werden sollen, hätte ich es vielleicht unterlassen sollen, an diesem heraushängenden, diesem nicht Haar, nicht Körperteil seienden Faden zu ziehen. Jetzt hast du ein beschämendes Loch und ein herunterhängendes, loses Ohr. Das Schwein mei-

157

nes Bruders ist heil, oder hat er auch dran rumgefummelt. Du müsstest jetzt eigentlich frei im Raum schweben, damit dir nichts mehr passiert, Esel. Dein Kordelschwanz. Dein Schweif. Was ist denn mit deinem Schwanzschweif los. Das ist ja ein Stück Kordel. Das ist ja gar kein richtiger Schweif. Wie ist der denn da drangekommen. Also, so einen Schwanz hat ein Esel nicht. Der Schweineschwanz ist aus dem selben Bunt wie das Restschwein. Blumiges Bunt. Mein Bruder, du hast ein schönes Schwein. Esel ist eigentlich auch sehr schön, scheint aber ein wenig achtlos zusammengebaut. Möglicherweise ein Nebenprodukt. Ein Ausrutscher. Einer, der das Wort nicht hält. Der beim Wort schon auseinander fällt. Beim Wort genommen. ›Es steht geschrieben.‹ Ob das mit dem Schwein nicht doch besser wäre? Ein sich selbst zusammenhaltendes Schwein, das ehrlich genug ist. Ob ich in ein paar Minuten ein auseinander gefallenes, loses Stoffbündel in Händen halte? Ich meine, gut, da gibt es noch eine Menge Zeugs auf dem so genannten Gabentisch, ein Unwort, aber was interessiert das schon, wenn hier dieser Esel auseinander fällt, der war doch so viel versprechend, so formschön, und jetzt, schau sich das mal einer an, jetzt fehlt dem ein Auge, hast du das Auge rausgepult, böser Bube, hast du das da gerade rausgefingert, ist da ein Prozess in Gang oder Natur? Ist es die Natur der Dinge, auseinander zu fallen? Schwein fällt nicht auseinander. Es ist so beisammen. Bin es ich, der auseinander fällt, der Esel? Nicht schlecht Lust, dieses Auseinanderfallen zu beschleunigen. Ich meine, erst ist da ja die Familie, und danach erholt man sich nicht mehr davon, ein Leben lang. Und Weihnachten ist ja dazu da, dass einem das Nichterholenwerden deutlich vor Augen geführt wird.

Weihnachten ist ein Ausnahmezustand unter den Erschei-
nungen. Erst erscheint einem die Familie. Die mitgebo-
rene. Dann treibt man da so mit. Ob mit Esel oder ohne. So
mit. Dann erscheint einem die Familie so aufdringlich. Du
bist unter uns, sagt die Familie. Kann ich denn nicht für
mich sein?, fragt man ja bis zur Zerreißprobe. Du bist unter
uns. Und er war mitten unter ihnen. Das dauert aber. Zunächst steht man jahrelang unterm Tannenbaum. Der
Tannenbaum ist sozusagen das Gesellenstück. Der ist extra
so hoch, wie man groß gar nicht werden kann. Papa ist aber
auch nicht so groß, sagt man nicht, denkt es aber. Und
dann soll da noch jemand dauernd geboren worden sein,
der auch unter uns ist. Im Unterschied zum Spiegel sieht
man den aber nicht. Später lässt man sich gerne erklären,
dass er aus dem Erzgebirge kommt. Und seit Generationen
vererbt wird. Soll er doch mitsamt seinen Kumpanen aus
dem Erzgebirge kommen. Und vererbt werden. Holzprotz
im Erzgebirge. Miniaturfigur. Dumme Sache, das mit dem
Esel. Da stehen und liegen große Pakete wohl auch, mit
so feinen bunten Bändern, aber der Esel hier, ich meine,
ist doch klar. So lange kann gar keine Weihnachtslied-
schallplatte reichen, wie das hier eine Blamage ist. Mutter
schenkt dir was, und schon fällt es auseinander. Da kann
sich ja jeder was denken, was das heißt. Wie soll ich das
denn jetzt erklären, dass der blaue Esel jetzt so fertig ist. Ich
meine, kaum steht man mit diesem Eseltier ein bisschen
liedlang unterm Tannenbaum, verliert das Eselchen die
Nerven und reicht den Abschied ein. Da hat man ja nicht
einfach hingehen können und sagen, guck mal, Esel mag
nicht mehr. Jetzt sieht er schon bald gar nicht mehr wie ein
Esel aus. Er ähnelt zunehmend einem Lappen, der es nicht

ganz zum Esel gebracht hat. Wenn da etwas rund ist und Form hat, und dann immer flacher wird, erklärter. Und das alles ausgerechnet Weihnachten. ›Wie waren denn die Weihnachtstage?‹ ›Ein Esel.‹ Ich meine, wenn der so auseinander fällt, kann ich ihm ja auch gar keinen Namen geben. Wie soll der denn heißen, wenn nichts zu erkennen ist. Man sollte den Esel auf sich beruhen lassen. Aber der meldet sich selbst zu Wort. Er möchte von Fachkräften wieder zusammengeflickt werden. Er möchte eine schöne Kindheit haben. Er möchte auf eigenen Beinen stehen lernen. Ja, von mir aus. Soll er das möchten. Steht er erst mal auf eigenen Beinen, ist kein Halten mehr. Es ist ja zunächst eine Ununterscheidbarkeit zwischen Esel und Mutter. Das ist ja zunächst einmal ein Mutteresel. Und schließlich hat sie ihn ja selber gemacht. Und was selbst gemacht ist, ist von einem. Und das Selbstgemachte ist immer das Wiedererkannte. Erkenne ich es nicht wieder, heißt das aber nicht, ich habe es nicht selbst gemacht. Ich vergesse mich. Er ist ihr entglitten. Aus der Hand gerutscht. Er ist unvollendet. Er hätte nicht so früh entlassen werden dürfen.

Was aber ist mit dem Loch? Hat der Esel nicht ein Loch? Das plötzlich in den Esel hineingekommen ist? Zu was ist ein Loch denn da? Was genau ist anzustellen mit einem Loch? Das Loch ist eindeutig verfrüht. Es kommt zu früh, unwiederbringlich. Habe ich das Loch nicht schon mal irgendwo gesehen? Ein weiches Loch. In das Schwein scheint irgendwie kein Loch hineinzugelangen. Das Schwein ist so lochlos. Es ist zu hart für ein Loch. Das Schwein scheint lochlos glücklich. Der Schein trügt, sagt Mutter immer. Aber wie kannst du eine schöne Kindheit haben, Esel, mit diesem Loch? Die Zeichen stehen auf Loch, sozusagen. Ein Loch ist aber nichts Herausragendes. Das ist der Unterschied. In ein Loch fällt man hinein, durch ein Herausragendes kommt man hinaus. Ist ein Loch erst mal da, kann es nicht mehr vergessen werden. Auch ein gestopftes, zugemachtes Loch ist ein Loch, es wirkt als gestopftes, zugemachtes in der Erinnerung fort, das Loch ist als Loch bekannt. Ein verfrühtes Loch, eine nicht mehr zu stopfende Erinnerung. Für nicht mehr zu stopfende Erinnerung kann man auch klaffende Wunde sagen. Eine klaffende Wunde ist schon etwas Herausragendes, aber nach innen. Es ragt nach innen heraus. Ein solches Verständnis stiftet nur Verwirrung. Unterm Tannenbaum stiftet alles Verwirrung, was das ganze Jahr darauf wartet. Leben heißt ja wörtlich, nicht unterm Tannenbaum stehen. Er ist ein Tannenbäumler, heißt, er steht jedes Jahr unterm Tannenbaum, sagt sich das Kind, unterm Tannenbaum. Gerade gewachsen sei er, der Baum, sagt Vater. Stimmt. Mehr auch nicht. Er ufere nicht so aus wie der letzte. Den letzten habe zudem die Zimmerdecke erdrückt. An seine Zweige hätten die Kugeln problemlos angehängt werden können, an den jetzigen. Ich kann mich nicht erinnern, letztes Jahr etwas anderes gehört, etwas anderes vernommen zu haben. Angehängt, erinnern. ›Wie ist der Tannenbaum?‹ ›Steht!‹ ›Verstehe.‹

Weihnachten heißt immer, schau mal hierhin, schau mal dahin, Esel, und mal ist was da, mal ist was nicht da. Und was nicht da, das ist das Interessante, das will das Angeschaute sein, und dann schaut man es nicht an, weil es nicht da ist, dann kann man es nicht sehen, aber man selber ist ja da, ist ja mehr oder weniger da, ganz da, mehr oder weniger, und das Ganze so ganz unselbsterfahren,

161

und dann noch für einen selbstauslaufenden Esel sorgen müssen, dann schaut man sich das erst Jahre später einmal ganz gründlich an.

Ich möchte, dass Weihnachten durch dieses Loch verschwindet, und der Tannenbaum, und die Krippe, und die Familie, alles bitte zurückverwandeln durch dieses Loch, alles bitte durch dieses Loch hinaus, wo nicht mehr hier ist, das stellt man sich ja so vor, das Plastikzelt Himmel, dass es, straff gespannt, gewölbt, in der Wölbung straff gespannt, plötzlich nachgibt, einreißt, versackt, wenn man sich nur lange genug dagegen stemmt, und dann ist man draußen, dann kann man mal Luft holen in dieser Familiendämmerung, ein Wattebausch, da auf dem Boden, die Sohle drauf, der auf dem Boden brachliegende Inhalt, der sich leerende Esel, Form und Inhalt, nicht wahr, die Form verliert an Inhalt, der so formlos ist, das im Weihnachtswind flatternde Segel, das blaue Segel, schnelle Überbrückung der Kindheit, ins faltige Alter hinein, das verbrauchte Loch, eine Hinüberalterung, gewissermaßen, die Spannkraft des Esels, die Spannkraft des Himmels, und zwischen Esel und Himmel, da ist doch etwas, das dieses Loch immer größer werden lässt, es bin doch nicht ich, der das Loch ist, mir steht dieses Loch doch gar nicht zu, ich wünschte so, es hätte diesen Esel nie gegeben, nicht wahr, wie kann er bleiben, wenn er schwindet, die habt ihr extra so eingerichtet, diese im Esel verschwindende Welt, auch habe ich seit längerem das Gefühl, allein stumm zu sein, Esel hat auch schon gar keinen Sprechfaden mehr, Esel hat den Sprechfaden verloren, ringsum Ausgestorbensein, der Tannenbaum hell und eingefroren, kaum merkliche Bewegung im Raum, fast tanzende Stille, ein Frosttanz ist das,

162

Bewegung im Stillstand, die ganze Hand ist jetzt im Esel verschwunden, die zu Boden gegangene Watte, die in der Hand verkrampfte Watte, die Watte in der Hand, die im Esel verschwundene Hand, der Esel, ein Handschuh, ein einziger Handschuh, da scheint etwas verloren gegangen zu sein, nicht wahr, nur im Kopf ist noch unversehrte Watte, mein Esel, warum hast du mich verlassen, so sagt man doch, ein Schwamm bist du, Esel, bist du nicht ein Schwamm?, wer aus der Engel Schar, undsoweiter, und kannst du diese Weihnachten nicht endlich dann auf-saugen, aufnehmen, aufwischen? Kannst du das nicht?, du Lochschwamm, Schwammloch, kannst du nicht morgen in Mutters Küche hängen, wo es dir besser geht, am Haken, kannst du nicht einfach sein, ein Spüllappen bist du, ehe-maliger Esel, im Frosthaus, du bist der Verheißene, die Verkündung, du hast dich also dazu entschieden, wieder in Mutters Küche zu wandern, wenn du schon nicht auf eige-nen Beinen stehen kannst, Topflappen, wie wär's mit Topf-lappen?, ist nicht der schlechteste Job, Topflappen ist nicht schlechter als Esel, ach, Schwein müsste man sein, jetzt plötzlich ist auch keine Watte im Kopf mehr, wo ist die denn hin, es geht weiter, die Aushöhlung geht weiter, ein merkwürdiger Topflappen mit nur einem Auge bist du, das auch schon seitlich undsoweiter, das Loch ist jetzt so groß geworden, dass nur noch Loch ist, Weihnachten ist Urknall, mein explodierter Esel, das Loch ist so groß geworden, dass nur noch Fläche ist, Lochfläche, die Hoffnung ist groß, dass alles in dir verschwindet, so groß ist das Loch, und der Atem, der Stillstand, das von keinem Wind gesäumte Wasser, und die Wiederholung, die Dämmerung, und die Ruhe, die selbstlose Ruhe, der süße Geruch, der Schnee, und keine Sorge, der Flächenbrand der Ruhe, das strahlende Lichtermeer, der wogende Schattenkranz, und du davor, du stehst davor, ganz fest stehst du davor, und verstehst nicht, die Ruhe, die Wärme, die feine Hand im Rücken, und du davor, du stehst davor mit deinem Esel in der Hand, und einvernehmliche Gesichter, das Sprechen, das Schauen, und das ist jetzt so, das wird bleiben, das bleibt, bleiben, lieber Esel, sag den Müttern, wir gehen.«

Wohin aber gehen? Es ist ja vielmehr immer ein schroffes Gehen, wenn wir gehen. Ein aneinander Vorbeigehen. Gehen wir zusammen geradeaus, gehen wir aneinander vorbei. Fahren wir zusammen in ein und dieselbe Richtung, fahren wir in entgegengesetzte Richtung. Gehen und Denken. Ich verhungere neben dir, denke ich gehend, ich höhle mich aus. Was aber steht anderes zu erwarten? Was nach all den Ausweichungen, Abständen, Zermürbungen steht anderes zu erwarten? Ist es nicht wie immer, der Alltag, es ist der Alltag, der uns auseinander treibt, zerrüttet, uns dieselben, die wir sind, nicht wiedererkennen lässt. Unnahbar bist du, von Anfang an bist du auf deine Art unnahbar gewesen, umarmungslos, nur beischlafküssend, morgenbeischlafküssend, nachttot verging der Tag ohne Kuss, nicht wahr, noch ist nicht ausgemacht, was zuerst da war, deine Unnähe, mein Abbruch, oder bist du immer ohne Nähe gewesen, und ich, dein Spiegel, verweigere dir den Blick, bist du die Linse und ich deine Unschärfe, oder bin ich die Wand, gegen die du ohne Unterlass laufen musst, bin ich die Hand in deinem Rücken, den du mir kehrst, weil ich deinen Rücken nicht stärken kann, weil ich mich nicht verzehren kann, ach komm her, lass dich in die Arme schließen, lass dich umarmen, kaum gesagt, aus dem Mund geworfen, fühlst du dich kleiner gemacht, verschwunden. Landläufig heißt das ja, die Schwächen des anderen akzeptieren. In diesem Satz scheint so gar keine Poesie zu sein. Als hätten wir das geahnt, haben wir die Schwächen des anderen halt nicht akzeptiert, nicht wahr, um der reinen Poesie der so genannten Liebe willen, der so genannten Liebesbeziehung, beziehungsweise der reinen Liebe, der Projektion in einen hohlen, in einen trüben Spiegel.

Das klingt kompliziert. Wir sind kompliziert, und halten das Komplizierte nicht aus. Bilderfindungskünstler für unsere Zustände, Seelengräber, Selbstfindungskapitalisten ohne Kapital, nicht wahr, erklär mir Liebe, was tun? Entzug? Das hohe Ross der Poesie, ist es nicht an der Zeit, das Ding zu schlachten? Merkwürdigerweise haben wir tatsächlich nie eine Vereinbarung getroffen. Wir waren halt eher immer außer uns. Wunschbürgerliche, war uns die geringste Vereinbarung unausgesprochen zu bürgerlich. War das unser einziger Instinkt? Waren wir instinktlos? Was tun? Wie hinaus? Versöhnungsficken eine alte Hutschachtel. Ja, ich begehre dich, ja, ich liebe dich, ja, ich bin für dich da, ja, ich glaube mir kein Wort – und dir nicht. Einen Plan im Kopf muss man haben. Und oft kommt dieser Plan von so weit her, nicht wahr, das ist oft ein Windelplan, den hat man zwischen dem Windelwechsel gefasst, nicht wahr, so sprachlos rein, so vollgeschissen, ach komm her, lass dich in die Arme schließen, lass dich umarmen, und es ist nicht ausgemacht, ist das die eigene?, ist das die Kinderwindel?, das wirkt alles schon wie Trauer auf dem Wäschedraht im Januar, schwarze Strumpfhose, du erinnerst dich, und ein krumm ausgespanntes Stück Draht, die Bäume kahl, nicht wahr, die langen Beine verwickelt, dann plötzlich sitzt du

neben mir, mir ist so kalt, so heiß, was stachelt mich bloß
an, wenn du in meiner Nähe bist, es sträubt sich, bäumt
sich etwas auf, nach allem, was ich dir angetan, was uns so
erniedrigt hat, fahren wir also fort mit unserer Lebens-
partnerplanung, in deiner Wohnung, da wo ich bin, da bin
ich nie ganz, du bist deine Wohnung, und das, was du
so ganz für dich alleine bist, du bist deine Wohnung, und
ich darin, und ich hinaus, nicht wahr, lass uns wegfahren,
sagen wir, See oder Berge, Wind oder Schnee, ich habe
mich in deine Stadt nie eingefunden, nie einfinden können, ein Stadtsein unterschätzend, war mir deine Stadt
immer im Weg, diese Dorfstadt, diese Vorgeschobenheit,
ich meine, eine Rolle spielt das schon, eine Stadt, aber doch
nicht eine solche Rolle, nicht wahr, was aber das Ich an-
belangt, diese Bedürfnisanstalt, waren wir nicht zu feige,
ihre Tür zu öffnen? Und alle Narben angetreten, alle
Kränkungen Halt gemacht! Und das bist du, und das bist
du auch, eine wund geschlagene Liebeserklärung. Berge.
Dänemark verlassen und in die Schweizer Berge fahren.
Das Auto in die Fähre verladen, verschiffen, Autoreisezug,
Schweiz auf eigenen vier Rädern, nicht wahr, mit dem Auto
in die schwer zugänglichen Schweizer Berge eindringen,
die engen, eng verschraubten Straßen hoch, die kaum
passierbaren Pässe, wohin kein Zug mehr führt, Schnee-
türme, Winterfronten. Nachdem wir uns also entschlossen
hatten, gut, fahren wir zusammen ins Ausland in die Berge,
Berglose, die wir sind, fahren wir ins Ausland in die Berge,
sind wir also zum einzigen stadtmöglichen Parkplatz,
dem einzigen gebührenfreien Stellplatz, eine Stadt soll ja
autofrei gehalten werden, eine Stadt ist aber immer vollge-
stopft mit Autos, proppenvoll, aus einer Stadt schießen die

Autos raus wie geöffneter Darm, eine Stadt als Darmver-
schluss, mit Ausfallstraßen, kollabierender Exitus, künst-
lich geöffnete Areale, sind wir also dahin, das ein Jahr zuvor angeschaffte, damals sinnvoll angeschaffte, nachdem
sich die Dinge aber in die andere Richtung entwickelt
haben, sinnlos gewordene Auto zu holen, mit dem Taxi also
zu diesem einzigen, für mich selbst schon im Ausland
seienden Parkplatz hoch, wo das Auto nunmehr schon
Wochen, wenn nicht Monate steht, stand, die ganzen
Koffer und Taschen aus dem Taxi also ins Auto, in den
großen Kofferraum des Autos rein, umgewuchtet, der Taxifahrer, laufender Meter, quatschte ununterbrochen was
von gefräßigem Staat, der immer nur nehmen wolle,
immer nur fordere, statt selbst mal zu geben, dieser Staat
macht mich fertig, sagte der Taxifahrer ununterbrochen,
welcher Staat macht das nicht, fragten wir zurück, ununterbrochen lag er uns in den Ohren mit seinem bösen Staat,
der Taxifahrer, kaum erlasse er Steuern, erhöhe er Steuern,
kaum befreie er, enge er ein, dachten wir zunächst noch,
das ist aber endlich mal ein netter Taxifahrer, entpuppte
sich der Kerl nach rund hundert Metern als unerträgliches
Schimpfmaul, dem wohl nicht mehr zu helfen ist, dass er
mit siebzehn Jahren hierher gekommen sei und noch
immer keine Staatsbürgerschaft zugesprochen bekommen
habe, andererseits, was wolle er auch damit, zweihundertprozentiger Italiener bin ich, sagte er ununterbrochen,
unterbricht sein Staatsschimpfen, unterbricht sich selbst
immer wieder mit der Formel, zweihundertprozentiger
Italiener bin ich, dass es mir schon fast rausfällt, na, dann
geh doch wieder dahin, in dein zweihundertprozentiges
Italien, Blödmann, vielleicht hat er ja Recht, mit seinem

Staatsfluchen, er kennt da aber wohl keine Grenzen, der Liebe, da vorne steht das Auto, immerhin, Koffer und Taschen raus aus dem Taxi, rein ins Auto, Krankenkasse unbezahlbar, sagte er, Zahnersatz unbezahlbar, in drei Jahren ist Schluss, wenn ich in drei Jahren noch gesund bin, gehe ich wieder nach Italien, sagt er, ist er aber in drei Jahren nicht gesund, vielmehr krank, bleibt er hier, bleibe er in einem hiesigen Krankenhaus, das sei besser, als in Italien in einem dortigen Krankenhaus zu sein, jahrelang zahlst du Rente ein hier, und was kommt am Ende raus, nichts kommt am Ende, sagt er, tatsächlich rührt sich nichts in diesem Auto, Gang eingelegt, Kupplung und Gas so genannterweise vorschriftsmäßig, Zündschlüssel nach rechts, flackernder, unruhig pulsierender Drehzahlmesser bei draußen gleichmäßigem Regen, nicht wahr, Öl-, Batterie- und Handbremsenlämpchen leuchten strahlend rot, Handbremse gelöst, Öl- und Batterielämpchen ein unverändertes Leuchten, Strahlen, Kilometerstandsanzeiger tot wie nie gefahren, Motortemperatur- und Benzinstandsanzeiger scheinen nicht an das Geschwindigkeits- und Drehzahlanzeigesystem gekoppelt zu sein, immerhin, am Benzin jedenfalls liegt es nicht, auch wenn sich der Zeiger schon der roten Zone nähert, Temperatur unter der Haube unauffällig, wäre ja auch noch schöner, rührt sich die Karre doch keinen Deut vom Fleck, Systemausfall, Herzstillstand, Totalausfall des vegetativen Systems, mit dem Gaspedal Benzin pumpen, hilfloser geht es schon gar nicht mehr, das ist eine Geste der Hilflosigkeit, Schlüssel abziehen, Schlüssel reinstecken und nach rechts drehen, vorsichtig, über die Anlassergrenze hinaus, Alarmlämpchen sofort rot, flackernder, hilflos pulsierender Drehzahlanzeiger, aus dem kalten, fleckgefrorenen Nullpunkt, aus dem Todstand zeigt der schon viertausend an, abgestorben, aber noch viertausend anzeigen, das geschlachtete, kopflos über den Hof rennende Huhn, dann geht der Zeiger kontinuierlich auf Null, die Nerven verlieren, das ist eine Demonstration verlorener Nerven, geradezu ein Lehrbeispiel ist das, alles tot, Warnblinkanlage, immerhin funktionstüchtig, was das überhaupt für ein Wort ist, wer denn ist auf dieses Wort gekommen, funktionstüchtig, tüchtig allein schon ist unerträglich, er ist ein tüchtiger Liebhaber, ein Verniedlichungswort, ein Staatsanpassungswort, nicht wahr, es funktioniert etwas doch, oder es funktioniert doch nicht, da muss doch nicht mit ›tüchtig‹ erst nachgeholfen werden, Überbrückungskabel, wir brauchen ein Überbrückungskabel, der Staat braucht auch ein Überbrückungskabel, Überbrückungskredite, Luftbrücke, Carepakete, ein Batterieüberbrückungskabel, jemand muss vorbeikommen und unsere Autobatterie wieder zum Leben erwecken, wir telefonieren, jemand kommt tatsächlich vorbei mit einem Autobatterieüberbrückungskabel, schließt die beiden Autobatterien kurz, die für diese Zwecke mitsamt Fremdauto hierhin transportierte, einwandfrei funktionierende Aushilfsautobatterie und die in unsrem Auto vorbefindliche, zu nichts mehr nützende Batterie, die auf Grund gelaufen, leerer als unser Kopf zuweilen ist, eine restlos entleerte Batterie, das ist ja zuweilen der Ausdruck, der Zustand, das Befinden, und es bedarf eines Jemand, eines Etwas, das komme vom Himmel herab, herabfalle, die restlos auf Grund gelaufene, die entleerte Batterie wieder anzufüllen, ihr Mut zuzusprechen, ein Kurzschluss genügt, ein Sekundenkontakt, und das System richtet sich wieder auf im

169

Selbstlauf, es läuft eine Stunde, solchermaßen kontaktiert, vor sich hin, und wird sich, abgestellt, diesmal von allein wieder starten können, es muss etwas Göttliches sein, ein überspringender Funke, nicht wahr, etwas Göttliches, ein selbstloses Aggregat, eine unsichtbare Mitteilung, eine Weitergabe, das also heißt Tradition und Erbe, nicht wahr, kurz vor Ankunft, etwa zehn Kilometer vor Erreichen des Ziels rutschte dann, nachdem wir hinter der Schweizer Grenze den Autoreisezug verlassen und mit dem Auto längs durch die Schweiz Richtung Berge gefahren sind, ein Schweizaufriss mit dem Auto, der Kraftstoffanzeiger unter die rote Markierung, den Motor abstellen, auftanken, den Motor anstellen, siehe da, alle Funktionen eingefroren, keine Kilometerstandsanzeige, keine Drehzahlmessung, Bordcomputer komplett ausgefallen, Fragmentiertes hat sich in die Anzeigen hineingefressen, Viertelzahlen, Rätselzeichen, nichts Halbes, nichts Ganzes, das System kann sich also wieder hochfahren, nimmt Fahrt auf, hat aber seine Lesbarkeit verloren, abgestoßen, Tacho tot, läuft trotzdem, »Und so muß man denn freilich zuweilen leer und gedankenlos erscheinen, ob man es gleichwohl nicht ist«, schreibt Klingstedt im November siebzehnhundertneunundneunzig an eine gewisse Ulrike, und du sitzt also neben mir, wir sitzen gleichzeitig nebeneinander, nehmen Fahrt auf, haben unsere Lesbarkeit verloren, Fragmentierte, Eingestürzte. Und jetzt also die Berge. Meterhoch sich türmendes Gestein. Allein ein Satz wie »Auf den Bergen liegt Schnee« stellt einen höchst komplizierten Sachverhalt dar. In Berlin nämlich, zum Beispiel, gibt es gar keine Berge. In Berlin aber kann dennoch Schnee liegen. Der Umstand, dass Berlin, unfreiwillig vielleicht, berglos ist, durch und

durch ohne Berge, schließt also nicht aus, dass in Berlin
Schnee liegen kann. Umgekehrt gilt, läge in Berlin kein
Schnee, hieße das nicht, Berlin hätte Berge. »Ich hätte bei
einer fixen Idee einen gewissen Schmerz im Kopf empfunden, der unerträglich heftig steigernd, mir das Bedürfnis nach Zerstreuung so dringend gemacht hätte«, lässt
Klingstedt am vierundzwanzigsten Juni achtzehnhundert-
vier von Berlin aus diese gewisse Ulrike wissen. Tausende
Meter hoch sich türmendes Gestein. Ist das allein schon
eine Naturbetrachtung? Müsste nicht ein Spaziergänger
hinzutreten, der den Pfad entlangstreicht, schlüssig, entschlossen, ob er diesen Weg nehmen soll, jenen, der, »Einsamkeit: das ist der Prüfstein des Glückes«, da entlanggeht,
und es ist nicht entschieden, sind es die Augen, die dem
Spaziergänger folgen, mit ihm die Felswand entlangstrei-
chen, ist es der Wanderer, der die Augen folgen lässt, oder
sind es die Augen, die den Spaziergänger allererst hervor-
bringen, ihn in Erscheinung treten lassen, die Berge also, da
sind sie, und was es mit den so genannten Naturbetrach-
tungen auf sich hat, die ja das Gegenteil von Einverständ-
niserklärung sind, eine Naturbetrachtung weist immer auf
ein in Auflösung befindliches, so genanntes Ich, zumindest
ist dieses so genannte Ich in Sturm, in Aufruhr, Natur-
betrachtungen sind ganz und gar nicht heimelig, weder
gemütlich noch der Ausdruck von Gemütlichkeit, Natur-
betrachtungen und ihr Ableger, die Naturbeschreibung,
sind stets Rundumschläge, wovon Klingstedt ein beredtes
Zeugnis abzulegen weiß, Naturbeschreibungen sind, um
ehrlich zu sein, Vorstufen der Naturbetrachtung, die ja
durch die Natur hindurch stets etwas anderes betrachtet,
eine Naturbetrachtung betrachtet ja gar keine Natur, Na-

tur ist einer solchen Betrachtung, solchermaßen betrachtet, ja nur ein Durchgangszustand, wenn auch dieser Zustand stets im Wandel begriffen ist, die Liebe, schau, die schöne Blume, sagt man seinem Nebengänger, und schaut dieser erwartungsfroh dorthin, ist die Blume bereits verwelkt, die neue Liebe, hinüber, selber Durchgang, Natur kann man ja vielmehr überall und von überall aus betrachten, zum Beispiel inmitten einer Ostberliner Betonwüste, und kein Halm lässt sich da draußen blicken, nichts, was umstandslos auf den Begriff ›Natur‹ auch nur ansatzweise zeigen könnte, die lässt sich recht eigentlich in einer solchen Betonwüste gar nicht blicken, diese so genannte Natur, und in einer Betonwüste, die nicht einmal die Bezeichnung Wüste verdient, reckt ja bekanntlich kein Blümchen sich aus dem Schoß der, ja was denn, Mutter Erde?, in Ostberlin, inmitten einer solchen Betonwüste, habe ich einen Mann kennen gelernt, der hat Ostberlin und seine Betonwüste noch nie verlassen, Herr Sigismund Reinhart, siebzig Jahre alt, »Warum auch?«, fragte er mich, ich wusste keine Antwort, und das ganze Ausmaß dieses Nichtinerscheinungtretens von Natur wird ja besonders deutlich nach einem riesigen Regen, einem Platzregen, und die Unmenge Wasser weicht, gibt den Boden wieder frei, nichts rührt sich, kein Riss, keine Erhebung, alles hält dicht, hält dich zusammen, was Betonwüste heißt, und was darunter liegt, da kann sich jeder das Schönste ausmalen, was darunter ist, was aber das Erblicken der Berge betrifft, das Aufspüren von unverstellter Natur inmitten menschlicher Zerklüftung, Zersiedelung, Menschensprengel allerorten, so kann mit Klingstedt festgehalten werden, »Der Felsen mit der Zitadelle sah ernst auf die Stadt herab und be-

172

wachte sie, wie ein Riese sein Kleinod«, plötzlich also ist
man inmitten der herbeigesehnten, den Alltag unter-
brechenden Berge, hofft man, »die Berge verstellen mir den
Blick auf die Natur« denken, und jemand zöge an den
Marionettenfäden der Felsen, die prompt zusammenklappen, das Gerinnsel von Ort unter sich, und eine echolose
Stille begleitet diese Einfaltung, diesen Zusammensturz,
bin ich das mal wieder, der da zusammenbricht, in sich ein-
stürzt, ist sofort auf den Lippen, dem Staudamm, der hält
das zurück, diese Vermeintlichkeit, dieses Spiegelgewissen,
»wie ein Riese sein Kleinod, und an den Außenwerken
herum schlich ein Weg, wie ein Spion«, Verehrte, du bist
mein Spion, denke ich, »Es war noch immer so«, hebst du
an, es war noch immer so, dass du mit mir in fremder
Umgebung, fremderer als Fremde, zusammenbrichst, als
wolltest du gar nicht da sein mit mir in dieser uns fremden
Umgebung, als wolltest du nur zusammen sein mit mir in
einer dir nicht fremden, einer von dir ausgesuchten Umgebung, sagst du, als ich schon Anstalten mache, die Berge
fluchtartig zu fliehen, »wie ein Spion«, du rapportierst
meinen Bergzustand, du zweiteilst mich, als hätte ich dir
gleichzeitig den Auftrag erteilt, mich, den Bergbesucher,
auszuhorchen über den Bergzustand, und diese Aushor-
chung teilst du mir, dem Daheimgebliebenen, dem Nicht-
bergbesucher, mit, der den Auftrag gab, ich frage nur, wo
bleibe ich da, und wo, bei aller Liebe, ist daheim, »wie ein
Spion, und krümmt sich in jede Bastion«, Bastion ist gut,
das ist sehr gut, Bastion, Ichbastion, Fremdbastion, Ab-
wehrbastion, Bastion der Bastionen, Bastionbastion, »und
krümmt sich in jede Bastion, als ob er rekogniszieren wolle,
wagte aber nicht, in die Stadt zu gehen, sondern verlor sich

in die Berge«. Hallo, vom Weg ist hier die Rede, der sich nicht traut, der Weg selbst traut sich nicht, nicht wahr, Spaziergänger überflüssig, einen Wandersmann braucht es da gar nicht, es genügt der Weg, der, unbegangen, unwegsam, anstatt auf die Liebe zuläuft, anstatt in allen Belangen befruchtend zu wirken, umstandshalber mal hierhin, mal dahin, aber nie genau ganz dorthin führt, läuft, sich windet, auf Abstand geht, in eine Ausbuchtung, ein Verlies sich zu drücken hofft, mit sich selbst aber nicht verschwinden zu können einsieht, daher beschließt, ein letzter Blick noch nach vorne, zurück auf die unter ihm liegende Stadt, »in die Berge« sich zu verlieren, der Weg, also von vorne: »Der Felsen mit der Zitadelle sah ernst auf die Stadt herab und bewachte sie, wie ein Riese sein Kleinod, und an den Außenwerken herum schlich ein Weg, wie ein Spion, und krümmte sich in jede Bastion, als ob er rekogniszieren wolle, wagte aber nicht, in die Stadt zu gehen, sondern verlor sich in die Berge.«

Den Berg also ganz hinauf auf den Gipfelkamm, durch verrauchende Nebelschwaden ganz hinauf zwischen gerade noch Berg, fast schon Himmel, und die Sprengel im Tal, die mit der Dämmerung selbst leuchtenden Sprengel im Tal, die zufälligen Ortschaften, Liegenschaften, Gehöfte, und ringsumher nur Bergmassiv, verrauchender Nebel, und liegt nicht Schnee in der Luft, und wird Schnee nicht kommen, es muss doch Schnee auf den Bergen sein, ein Winterschnee, und ist das nicht eine Gewissensprüfung, dieses Naturerleben, ich meine, Naturerleben ist ja nicht einfach auf dem Gipfel stehen und ins Tal blicken, Naturerleben ist ja vielmehr auf dem Gipfel stehen und diesen Blick deutlich von sich selbst unterschieden wissen,

174

nicht wahr, wir haben ja nicht die Berge, wir haben ja
nur den Blick, niemand noch hat einen Berg umfassen
können, wir tippen ja immer nur leise daran und ver-
meinen, ihn solchermaßen begrüßen zu müssen, dass er
uns nicht abwirft wie ein wilder, angestachelter, wild gewordener Stier, der Berg, und darauf sattelt das Gewissen,
die Exekutive, nicht wahr, und kannst du überhaupt noch
ruhig schlafen, nach allem, Turbulenz ist ja nicht allein ein
Kosename für Besitzansprüche über den Wolken, in den
Wolken, es ist ja gleichzeitig und weit eher, so weit man
festen Boden unter den Füßen hat, die längste Zeit des
Lebens hat man ja festen Boden unter den Füßen, wenn
auch nicht entschieden ist, ob dieser so genannte feste
Boden unter den Füßen, oder richtungsverkehrt, der auf
dem so genannten festen Boden Stehende der Wankende
ist, bin ich es, der wankt, oder ist der so genannte feste
Boden unter den Füßen der Wankende, wir stehen also die
längste Zeit unseres Lebens auf einer möglicherweise wankenden Metapher, die dieses Leben zuweilen ersichtlich selber ist, und von diesem fest wankenden Boden aus gesehen,
also, vom Bodenblick aus gesehen, finden die meisten Tur-
bulenzen doch eher in Kopfhöhe statt, zwischen uns, beim
Anblick der »weiten, edleren, erhabenen Schöpfung« also,
während du auf dem Gipfel der Berge angelangt bist, den
Blick in die Ferne schweifen lassen, nicht wahr, das Auge in
die Tiefe werfen, oder wie sagt man, einen tiefen Blick
riskieren, dabei solltest du doch einmal zu dir selbst auf-
schauen, den Blick an dich selbst wagen, kannst du überhaupt noch ruhig schlafen?, nein, ich kann überhaupt nicht
mehr ruhig schlafen, neben dir kann ich fast überhaupt
nicht mehr schlafen, ich weiche dir aus, wo es nur geht,

175

weiche ich dir aus, an ein gemeinsames Einschlafen ist gar
nicht zu denken, ich hole mein Gewissen ab, dort oben auf
dem Berg, da ist es schon, es ist kristallklar, klar wie ein
Kristall, dort oben auf dem Berg, da wartet es schon,
immer, wenn du den Berg hinaufgehst, ist oben schon dein
Gewissen und wartet, es wartet auf dich, es ruft dir zu, zieht
dich an, »Du bist nicht im Einklang«, ruft es dir zu, »Mit
deiner Natur bist du nicht im Einklang«, ruft es dir zu,
woher aber kannst du sicher sein, dass es dein Gewissen ist,
das ruft, nicht wahr, ist es vielleicht schon Klingstedts
Gewissen, ist das Gewissen etwas Abgehörtes, Angelesenes,
das Zirpen des Telegrafendrahts, das Tönen des Telefons,
Summen des Stroms, »Wo haben Sie Ihr Gewissen denn
her?«, »Berge!«, wir haben uns getäuscht, ineinander, wir
wollen der Fels sein, auf dem unser Gebäude steht, als wäre
unser Gebäude Fels, unser Gebäude ist vorgestellt, Klip-
pengebäude, gestundet, ohne verabredete Zeit, »Das ist
unser Gebäude«, sagst du, »Das ist unser Gebäude«, sage
ich, wer aber ist unser, ein weißes, vordergründiges, lust-
gartengefülltes Rauschen, ein »vaux-hall«, Klangteppich,
darüber wir mit unseren schmutzigen Schuhen, ein Berggewissen schaltet sich ja dann ein, wenn man höher steht
als man ist, haben wir einen Berggipfel erklommen, scheinen wir ja schnell etwas zu verwechseln, wir sind ja schnell
mit der Verwechslung bei der Hand, eine hochgestellte
Persönlichkeit zu sein, ziehen die Bergluft tief in unsere
schmerzenden Lungen, schütten sie aus, gewähren dem
eingebildeten Nebenmann namens Ich die Aussicht, wenn
du willst, gehört alles dir, du musst nur ja sagen, dann
gehört alles Tal dir, alles Berg, das du siehst, dann schenke
ich dir alles, wenn du dich mir schenkst, ganz, dann gehört

176

alles dir, ich meine, kaum ist man in der Bergluft, ist man
anverwandelt, hörte einen sagen, die Bergluft ist auch nicht
mehr, was sie früher einmal war, im achtzehnten Jahr-
hundert, stürzt also das Welthandelscenter ein, beidläufig,
und aus seinem Stahl baut Amerika ein Kriegsschiff, höre
ich heute, am neunundzwanzigsten Dezember zweitausendzwei auf den Bergen, dröhnt es aus einem Bergradio,
und da soll man noch ein schlechtes Gewissen haben?,
kaum ertönt der Sänger auf den Bergen, sind auch schon
die Statthalter da, »Schussfahrt«, die Tränen, ein Gewissen
ist ja immer etwas Verschüttetes, ein toter Winkel, blinder
Fleck, »Ich habe dich sicher in meiner Seele«, kann ich
nicht behaupten, Sphärenmusik, Klingstedt träumt von
Sphärenmusik, wann hat dieses Rasen ein Ende, frage
ich, Wannwahn, fragte der Heilige aus der Seine, und der
Schnee über den Feldern, und der Schnee auf den Kuppen,
den Köpfen, Bleiben, Nichtbleiben, zwischen den Jahren
ist Stillstand eingetreten, wir haben uns in einen Stillstand
hineinbewegt, hocken in einer lautlosen Unannehmbar-
keit, angekommen sein, nicht bleiben können, ist das
Schlimmste, angekommen sein, »Ich kann nicht bleiben«
sagen, ist das Schlimmste, was mich forttreibt, bin ich, ich
selbst treibe mich fort, es ist ein unaufhaltsamer Forttrieb,
die Berge bringen mich um, denke ich plötzlich, das
Schneetreiben, das einhüllt, das einen mit in die Stille
nimmt, der blaue Schnee, kein Herzschlag, keine Atem-
fläche, der sichtbare, der absehbare Gipfel, der sich Schritt
für Schritt entzieht, der sich verheimlicht, du gehst auf
diesen Gipfel zu, aufs Greifbare zu, und dieses Greifbare,
der Gipfel, kippt hinter den Horizont, kehrt sich um, ein
Gipfel vor dem Gesetz, und du vor dem Gipfel, zwei-

177

tausend Meter noch, dann Gipfel, zweitausend Meter später zweitausend Meter noch, dann Gipfel, du bist im falschen Leben gelandet, fraglos, gipfellos, es ist ein falsches Leben in dir, so ein Gipfelgehen schafft Distanz, auf den Gipfel zu in der Gewissheit, den Gipfel nicht erreichen zu können, nie zu erreichen, nicht wahr, wenn du den Gipfel tatsächlich einmal erreicht haben solltest, und der Rest deines Lebens, was ist dann mit dem Rest deines Lebens, du hast dich nicht in ihr getäuscht, in dir selbst hast du dich getäuscht, dich selbst hast du getäuscht, aus zwei Welten hast du eine machen wollen, hat sie eine machen wollen, du hast dich selbst in die andere hineingeworfen, in die Fremdwelt, die mit einem Male nicht mehr fremd sein sollte, im anderen nur sich zu sehen, ist das Schlimmste, im anderen nur von sich zu sprechen, ist das Schlimmste, dieses Leben, das kein Leben ist, muss Schluss sein denken, du lernst einen anderen Menschen kennen, und tust ihm Unrecht, indem du einen anderen Menschen kennen lernst, tust du ihm bereits Unrecht, Klingstedt, ich sage dir, das ist keine Sphärenmusik, das ist überhaupt keine Musik, Klingstedt, dein Stimmenhören, dein Gewissen, dein Berggewissen, der sacht unter den Sohlen schmatzende Schnee, ein Jahr kreuz und quer durchs Land, Jüterbog, zum Beispiel, wo genau liegt eigentlich Jüterbog, wenn ich jetzt fahre, habe ich dir in den Bergen gesagt, wenn ich jetzt fahre, ist unsere Geschichte zu Ende, wenn ich jetzt fahre, und dann über die Hintertreppe die Koffer und Taschen ins Auto zurück, eine Zerreißprobe, nicht wahr, ein Hinaufdämmern, Zerreißen, es handelt uns, nicht wahr, das laute Schlagen der Zimmertür, eine Entschuldigung dafür, sie ist mir aus der Hand geflogen, im Auto sitzen, nicht fah-

178

ren können, »Life is a lesson, you learn it when you do«,
nicht für möglich halten, nicht fahren können, aussteigen,
einsteigen, das sind keine fremden Stimmen, Klingstedt,
das bist ganz du, aussteigen, du hast es versaut, sich selber
denken, zudenken, du hast diese Liebe in den Boden
gefahren denken, du bist nicht einmal ein Trennungs-
künstler, dich anrufen, bleiben wollen, und »ob das gut ist«
fragen, ich frage mich, ist es gut, zu bleiben?, Steingärten
und Anlässe, unsere Herzen sind Steingärten, was aber sind
die Anlässe genau, die uns so auseinander treiben, wir
kennen die Anlässe genau, die uns so auseinander treiben,
unsere Anlässe sind keine Anlässe, Argwohn ist der doppelte Boden, ein Name, der fällt, eine Entweichung, und
dann sitzen wir uns gegenüber, denen das Gegenübersitzen
schon bedrohlich ist, das Gegenübersitzen ist schon ein
Eingriff, wenn der Caran d'Ache zu Ende ist, ist die Geschichte zu Ende, das Gegenübersitzen ist ein Anlass,
das Gegenübersitzen ist ein Anlass aus Anlasslosigkeit,
wund geschlagene Systeme, nicht wahr, ein Wechselstrom,
Unentschiedenheit ist das Scheußlichste, Unentschiedenheit ist das Unwort des Jahres, ein Kofferdasein ist das
Scheußlichste, Beziehungskiste ist ein Kofferdasein, beziehungsweise sind wir jedenfalls nicht, dass du mir nicht
genügst, dass du mir fehlst, dass ich mit dir einsam bin,
sage ich dir, dass du nachtkalt bist, dass ich mit dir einsam sei, könntest du nachvollziehen, dass ich dich mehr
brauche als du mich, sagst du, bei nachtkalt kannst du nur
lachen, kurz, hell, aufgelachte, mundverzogene Antwort,
die Berge bringen mich um, nicht wahr, die Berge stürzen,
kippen in mich hinein, die Berge entladen sich in mir,
einen Berg hinauf, um diesen Berg hinauf gelangt zu sein,

179

dem Berg obenauf, setzt das Nachdenken ein, es müsste aber ein Denken geben, das mit den Dingen auf gleicher Höhe ist, das gleichzeitig ist, ein Empfinden ist kein Denken, eine Zuneigung ist kein Denken, ein Empfinden ist denkfrei, zunächst, und dann kommt das Denken und überhäuft es, ein Empfinden ist eine Hand, die sich verbrüht, eine Empfindung ist ganz dicht an der Ursache, oder ist das falscher Sprachgebrauch, ist Liebe bloß ein falscher Sprachgebrauch, ist es vielleicht ganz umgekehrt, handelt es sich hier nicht vielmehr um Fühlen, eine verbrühte Hand, einsam auf dem Gipfel, den Gipfel erreicht haben, »Jetzt ist der Gipfel erreicht«, ganz unten stehen und »Das ist der Gipfel« sagen, ich behaupte nicht, dich jemals verstanden zu haben, ich habe dich nie verstanden, ich verstehe dich nicht. Keine Worte finden, nicht wahr. Es geht aber doch nicht darum, Worte zu finden. »Die Stunde der wahren Empfindung«, ach ja. Ich gehe jetzt. Jetzt gehe ich.

Ein Schiff wird kommen, nicht wahr, kartonweise Verladung, den Film rückwärts laufen lassen, den Anfang des Films rückwärts laufen lassen, wo aber fängt der Film an, nicht wahr, wo hört der Anfang auf, das Auspacken der Kartons ist das Ende des Anfangs, das Einordnen der Dinge ist das Ende des Anfangs, das Aufstellen, beiseite Räumen, ein Buch, das einmal einen Raum betreten hat, bleibt da im Raum, auch wenn es diesen wieder verlassen hat, ein Buch ist die Krümmung, ein Buch krümmt diesen Raum, der alte Däne zum Beispiel, der diesen Raum betreten hat, wird ihn tatsächlich nicht mehr verlassen können, ist er erst mal in diesen Raum eingedrungen, hat er diesen Raum erst mal besetzt, wird keine Luft ihn wieder vertreiben können, wird

ihm das Öffnen und Schließen der Fenster nichts anhaben
können, so genannte frische Luft dringt in den Raum ein
und entweicht, der alte Däne dringt in den Raum ein und
bleibt, einen Raum betreten, heißt, Jahrhunderte betreten,
Jahrhunderte gleichzeitig, und jetzt also läuft der Film
rückwärts, mit dem Bücher-in-die-Kartons-Zurückpacken
läuft der Film rückwärts auf sein Ende zu, seinen Anfang,
auf sein Ende, der im Anfang ist, nicht wahr, aussetzende
Herztöne, nicht wahr, zunehmendes Herz, zunehmend
anders gefärbter Herzton, die langsam entweichende Frühjahrsfarbe, die Frühjahrsfarbe des Jahres zweitausendzwei
ist übers Jahr langsam entwichen, nicht wahr, das Herz ist
mit der Zeit farblos geworden, gestapelte Bücherkartons,
ein zunehmend entleertes Zimmer, ist der Caran d'Ache
leer, ist das Zimmer leer, ist das Ende im Anfang, bin ich dir
ganz fremd, bist du ganz fremd geworden, du bist die aufkommende Fremde, die das Zimmer leerende Luft, die ein-
geatmete, herzfärbende, ausgeatmete Luft, die stapelweise
verladenen Kartons, der Stuhl, das Sofa, der Tisch, nicht
wahr, unsere Liebe eine Fehlpressung, eine endlich zer-
brochene Endlosschleife, ein leer stehendes Zimmer, nun,
ein vom alten Dänen hinterlassener Raum, Spurlosigkeit,
Kellerentleerung, und du schreitest die Räume ab, was
bleibt, stiften die Lügen, das Grenzmissverständnis, Schlüssel hinterlegen?, auf den Küchentisch legen?, in den Briefkasten werfen?, oder kommst du noch?, gebe ich dir den
Schlüssel in die Hand?, Lastkraftwagen, alle Pratacs dieser
Welt vergessen, wie das hier über die Bühne geht, wie die
das hinuntertragen, übereinander stapeln, festzurren, halt-
bar machen, wiedererkennbar machen, Hinfahrpratac,
Grenzüberschreitungspratac warf das ja sozusagen einfach

nur in seine für einen Umzug völlig untaugliche Lastkraftwagenanspielung, ließ das vier Stockwerke ledersohlentragende Universitätsflüchtlinge hinuntertragen, Bandscheibenvorfallsgarantien, völlig ungeübte, noch nie einen Karton gesehen habende Pränatale, er selbst eine fettsträhnige, einsame Anspielung, dass er das Meer gefunden hat mit seinem Lastkraftwagenskelett, er selbst Bierbauchskelett mit Pimmel dran, ist reine Instinktsache, nicht wahr, es zieht ihn in das, was er noch nie auf seiner Haut gespürt hat, und morgen das Ganze also retour, über das Meer retour nach da, wo es Berlin heißt, nicht wahr, das offizielle Ende einer Liebesgeschichte ist die Schlüsselübergabe, würde Gleichgültigkeit die Welt regieren, gäbe es international nur ein einziges Passepartout, gäbe es keine Schlüssel mehr, kein Schloss, kein Schlüssel, nicht wahr, es gibt tatsächlich nur ein einziges Passepartout, aber wo nur, wer hält es versteckt, bitte schön, dieses die Herzen öffnende Schloss, nicht wahr, der Schlüssel zu deinem Schloss hieß Verletzung, ein festgefahrener Schlüssel, und du auf der Suche nach deinem Schloss. Danach ist manchmal noch alles »so flüchtig und warm«, ist manchmal alles noch danach, »weder hier noch dort«, und die aufzugebenden, verlassenen Räume, wir verlassen ja nicht uns, immer verlassen wir Räume, und sind auch die Gesichter verblasst, die Augen, die Räume bleiben, zum Hineingreifen nahe bleiben die Räume unberührt, und jeder Raum steht mir vor Augen, den ich verlassen habe, »Ich trenne mich von dir«, sagst du Tage nach meiner Bergflucht, und ich bin einverstanden, ich trenne mich vom Raum, ich scheide aus dem Raum, es ist eine Erlösung, hier auszuscheiden, den Raum wieder auszukippen wie eine Kindheitskiste, den

182

Raum umzustülpen, das immer Mitgeschleppte vor Augen zu führen, es ist eine Raumkette, ein Raumsein, abgerissene Höfe, und alleinsein mit der Raumerinnerung, ich erinnere mich an alle Räume deutlich, die ich verlassen habe, immer tauchen wir von einem gerade verlassenen Raum in einen neu betretenen, scheinbar nie gesehenen ein, nicht wahr, das Schreckgespenst heißt Einheitsraum, Einheitserlebnis, endlose Kette von Verirrungen scheint das Raumbetreten, wir meinen etwas außerhalb unserer selbst wahrzunehmen, nicht wahr, tatsächlich nehmen wir nur uns selber wahr, unseren Raumschatten, unsere Raumkrümmung, eine Stehlampe ist der Mensch, ein Raumfüller, deshalb ist es unangenehm, den entleerten Raum zu betreten, hineinzugeraten in diese soeben erzeugte Erinnerung, kaum ist der letzte Karton hinaus, stellt sich die Erinnerung ein, wir machen eine einzige Bemerkung, wir äußern ein einziges Wort, und schon ist die Geschichte beendet, mitten in ihrer Blüte ist mit einem einzigen Wort die Geschichte plötzlich beendet, ein kosmosfüllendes, keineswegs ein einziges geistreiches Wort, und ging aus seinem Mund hervor undsoweiter, und streckte sich mit diesem Wort nieder undsoweiter, ein Wort ist sofort auch ein Ohr, nicht wahr, man möchte es am liebsten ungeschehen machen, schon ist es raus, es nistet im Magen, es ist ein Zwerchfellwort, da jagt es hinaus, und sofort wissen wir, das war's, wir sind uns sofort im Klaren darüber, das war die Wahrheit, das war der Knieschaden der so genannten Beziehung, die langsame Vergiftung, schon setzt Erinnerung ein, ein Karton ist die Erinnerung, eine Schlagartigkeit, »Manchmal ist noch alles danach, so flüchtig und warm, weder hier noch dort«, Transit, nicht wahr, eine

Hoffnung, die Männer von Fapz tragen behände die Stapel ab, stemmen, schultern, reißen, ich schaue meinem Abschied zu, Stück für Stück trage ich mit den Augen ab, den Monate in den Raum geworfenen Augen, wenn einer geht, ist es oft schwieriger für den, der bleibt, sagst du, und ob ich das verstehen könnte, ich kann das verstehen, sage ich, ich verstehe das, und warum wir uns jetzt nicht umarmen, die letzten Tage vor der Leere tauchst du gar nicht mehr auf, ich schwimme in deiner Wohnung umher, komme, gehe, du bist hinaus, du kommst, du kommst in deine kartonvolle, menschenleere Wohnung, Mensch, nicht wahr, und dass man daran auch zweifelt, dass dieses Wort nicht ganz so einfach mehr ist nach dieser Geschichte, die nicht ganz einfach ist, die keinen Anfang hat, kein Ende, deren Anfang das Ende ist, eine Entfernung ist der Abschied, der Abschied kommt so ganz, so ganz nahe kommt der Abschied, er rückt dir zu Leibe, er geht vonstatten, spaltet, erlöst, er lässt mich stehen, Würde, Gleichgültigkeit, nicht wahr, man versucht ja wortwörtlich nichts weniger, als seine Haut zu retten, so abgespannt, aufgehängt ist das, gestapelt, gelaufen, dass auch die Liebe mit einem Schlag weg ist, wenn sie abreist, wenn sie vor Ort ist, wenn sie rausschmeißt, »so flüchtig und warm«, und dass ich dich liebe, ein gegenseitiges Entäußern ist die Liebe, du bist eine verschlossene Truhe, du allein hattest den Schlüssel, den du unbedingt verloren hast, alles andere ist Gewalt, du hattest den Schlüssel, du hast mir den Schlüssel aber nicht geben wollen, alles andere ist Gewalt, ein Schiff, das hinübersetzt, wohin soll ein Schiff denn hinübersetzen, ein Schiff legt an, legt ab, ob du dabei bist oder nicht, und weißt du noch, Griechenland, die vieltiefe Umarmung, die Hausplanung,

184

die Schoßhaftigkeit, das Sitzen, das Lesen, die Ferne, das
war eine weit fließende Entspannung, und in die Entspannung brach der Vulkan, riss das unter uns auf, ein wech-
selseitiges Abhängigkeitsdesaster, Kaffeehausentspannung
mit Zeitung und Gespräch, draußen sein, ausgehängte
Existenzbetrachtung, Zustimmung, und darunter wühlte
es, wollten wir alles gleichzeitig, nicht wahr, wollten wir das
Götterpaar der Kontrolle sein, du sagtest »Du« und meintest dich, ich sagte »Du« und meinte mich, so genannte Ge-
schlechterkampftrümmerwiesen haben wir hinterlassen,
bis von Wiese keine Rede mehr sein konnte, uns gingen
langsam die Vergleiche aus, wir sind uns ausgefallen, hin-
terrücks fielen wir aus, du warst der Fels in der Brandung,
da bin ich so lange um dich her geschwommen, bis kein
Fels mehr da war, nie aber habe ich den Fels erklommen,
und du warst die Brandung, ich der Fels, du die Ebbe, ich
nicht mehr zu sehen, ein Schiff, das hinübersetzt, legt an,
legt ab, ob du dabei bist oder nicht, einem Schiff ist es völlig egal, ob du dabei bist oder nicht, ein Schiff ist so gleich-
gültig, zwischen einem Gepäckstück und einem Menschen
macht ein Schiff gar keinen Unterschied, merkwürdig
genug, dass auch Freunde mit einem Schlag weg sind, wenn
sie abreisen, sagt Ernst, »statt allmählich abzureisen wie die
Schlangen«, sagt Ernst, unsere Liebe war von Anfang an ein
Abschied, »Erotikstark ist jede Freundschaft«, sagt Ernst,
»und tief intellektuell jede Liebe«, sagt Ernst, allmählich
sind wir abgereist wie Schlangen, und jede Schlange sieht
in der anderen die Maus, wie sind wir dahin gekommen,
wie sind wir plötzlich voreinander aufgetaucht, inszena-
torischer Überschuss, nicht wahr, wie du da gesessen bist
im Öffentlichkeitssessel, einander vorgestellt werden ist

schon das Ende, das Ende im Anfang, das Anfangsende, so
verstellt waren wir.

Soll ich den Schlüssel hinterlegen? Auf den Küchentisch
legen? In den Briefkasten werfen? Oder kommst du noch?
»Ich bin in zehn Minuten da.« Dann bist du da, nach zehn
Minuten stehst du in deiner neuen alten Wohnung, alles
raus, was mich betrifft, du schreitest die Räume ab, hast
etwas wiedergewonnen, etwas verloren, es ist etwas zu
Ende gegangen, »Ich trenne mich von dir«, hast du Tage
nach meiner Bergflucht gesagt, und ich war sofort einverstanden, erleichtert, ich lasse die Berge stehen und reise ab,
lasse dich in den Bergen stehen, und reise ab, gehe in deiner
Wohnung auf und ab, ob das richtig war, habe nicht mal
mehr dein Einatmen ausgehalten, dein Ausatmen, reise ab,
ob das richtig war, in deiner Wohnung, in der ich nie
angekommen bin, auf und ab, abends telefonieren wir,
nachdem du für Stunden unerreichbar warst, das war's,
sofort ist klar, das war's, was sich jetzt noch abspielt, ist
Einsamkeit, und was man damit machen soll, er liebt sie
nicht wirklich, er sehnt sich bloß nach ihr, kaltgestellt,
nicht wahr, »Ich brauche jetzt erst mal eine Pause«, sagst
du, »Ich habe da keine Hoffnung mehr«, sagst du auch,
»Ich brauche jetzt erst mal eine Pause«, sagst du, tage-
lang hören wir nichts voneinander, getrenntes Silvester,
zwischen den Jahren stecken geblieben, »Der Schlüssel liegt
hier auf dem Tisch«, du nimmst ihn sofort an dich, liest wie
nicht anwesend, nicht vorhanden, irgendwelche Post, sagst,
wir müssen noch abrechnen, schönes Wort, abrechnen,
vielleicht haben wir ja die ganze Zeit über schon abgerech-
net, bis nichts mehr abzurechnen war, dann rechnen wir
ab, dann liest du wieder irgendwelche Post, scheinst dich

186

am leeren Zimmer zu erfreuen, das wir selber sind, wir sind das leere Zimmer, von unserer Liebe ist nichts geblieben als ein leeres Zimmer, du machst die Gestrenge, macht nichts, das sind nicht wir, das sind die Muster, wir sind durch und durch jämmerlich, milliardenfach läuft das so, und man weiß nicht, bin ich das?, der das fühlt, der das auf diese Weise fühlt, fühle ich das, fühlt die ganze Welt das so, eine Alltagsgeschichte, eine alltägliche Geschichte, die Alltäglichkeit, variierte Wiederholung nur, und selbst in der Variation nicht selbst, eine Sehnsuchtsendstufe, ein Schwund, die Wohnung ist durch und durch unerträglich, nicht auszuhalten, Nordpol Südpol sind wir, nie waren wir weiter weg, nie kälter, eine an Erlösung grenzende Sicherheit, auseinander zu gehen, nicht mehr zueinander zu finden, Komplimente, die man gemacht hat, die man am liebsten zurücknehmen würde, löschen, aber wo greift man hinein, sie zurückzunehmen, den Gedanken dann lächerlich finden, jetzt schon stellt sich Rückblick ein, gibt so vieles der Lächerlichkeit preis, ich sage »Der Schlüssel liegt hier auf dem Tisch«, schon stellt sich Erinnerung ein, ich nenne das Schlüsselwort, und schon ist bis zu diesem Schlüsselwort alles Vergangenheit, drei Tage zuvor dieses letzte gemeinsame Abendessen in deiner Wohnung, zartfließendes Gespräch, Bescheidenheit, umarmter Abschied, »Auch mir tut es weh, dass ein Werden nicht mehr möglich ist, dass wir so geworden sind, wie wir sind«, Tränenlandschaft Liebe, plötzlich alles unter Wasser, und du trocknest die Tränen, ich stehe jetzt vor dir, schaue dich an, »Das ist ein Ritual« denken, »eine Zeremonie«, dieses endliche Gehen, dieses Weggehen, man folgt da bestimmten Handlungsweisen, die Menschen machen das so untereinander, etwas kleiner machen, gering schätzen, scheint eine besondere weibliche Eigenschaft zu sein, wenn man weiblich selbst schon so klein ist, nicht wahr, auch wenn man weiblich nicht selbst schon so klein ist, scheint gering schätzen eine besondere weibliche Eigenschaft zu sein, kleiner machen, familiäres Aufgekratztsein, Familienhysterie, man gerät in eine fremde Familie hinein, und kommt in ihr um, denken, diese unaussetzlichen Familiengeschichten, Weihnachtsfamiliengeschichten sind die schlimmsten, denken, »Jetzt gehe ich« denken, ein mehr als überfälliger Abschied, hätte man nicht schon bei der Ankunft wieder kehrtmachen müssen, auf dem Absatz kehrtmachen, »Das passte nicht« denken, »Das passte überhaupt nicht«, »Nichts passte« denken, auch wenn das nicht stimmt, auch wenn wir zumindest ineinander passten, diese Sekunden eines letzten sich Gegenüberstehens, nicht wahr, fast stellt sich Mitleid ein, aber mit wem bloß?, ich sehe dich Jahre älter, fühle mich jünger, die Bleischwere ist weg, die mich lähmende, in deiner Gegenwart aufkommende Bleischwere, »Wir werden sehen, ob wir uns noch einmal sehen« sagen, sich fragen, warum sagst du das?, eine kurze Umarmung, Eros tot, gegenseitig tot, »Geh jetzt«, sagst du, ja, ich gehe, bin schon weg, bin durch die Tür, ein letzter Koffer, die Treppen runter, aus dem Haus auf die Straße treten, kein Blick zurück, dahin, wo du nach unserer ersten Nacht am Fenster standest, mit einem Mal scheint alles gelöscht, eine Dreivierteljahresgeschichte, die zu Ende geht, die zu Ende gegangen ist, weggehen, zurücklassen, hängt der Kopf auch nach, die Beine tragen einen fort, nehmen dich mit, du läufst fast, es fehlt nicht viel, und du läufst, eine Übernachtung noch, eine Hotelnacht noch, dann verlässt du dieses tatsächlich unbrauchbare Land, und wann alles vergessen sein wird, und ob überhaupt was gewesen ist, ein Schiff wird kommen, nicht wahr, du fährst in dieser Straßenbahn ein letztes Mal diese Straße runter, du weißt ganz genau, diese Straße fahre ich ein letztes Mal hinunter, abgelaufen ist das hier, und ob das traurig ist, ist es traurig, wenn die Liebe zu Ende ist?, wenn die Liebe zu Ende, du selbst ganz unbeschwert, ganz atmend bist, und diese Traurigkeit, eine Tatsachentraurigkeit bloß?, eine Abschlusstraurigkeit, die Straßenbahntränen, ein Abschiedsgruß?, heraufziehende Verhärtung?, und ob es noch was nachzudenken gibt, ist da noch etwas übrig geblieben, worüber nachgedacht werden müsste, nachgefühlt?, »Ich bin wieder ich selbst«, alter Däne, »ich schließe mich wieder zusammen«, und auch dich hoffe ich dich selbst, erklär mir Liebe, nicht wahr, und dass auch du wieder zusammengeschlossen bist, und dass auch du sagen kannst, »Zerhauen sind die Umschnürungen, mit denen ich gefesselt war; zerbrochen ist die Zauberformel, die sich in mich eingehext hatte, so daß ich nicht zu mir selbst zurückkommen konnte«, dass auch du sagen kannst, »Wenn ich heimkehre, dann liest niemand in meinen Mienen«, dass auch du sagen kannst, »Es lebe der Flug des Gedankens, es lebe die Lebensgefahr im Dienste der Idee«, und dass, kann man die Ausnahme nicht erklären, man auch das Allgemeine nicht erklären kann, nicht wahr, und dass eine Begebenheit, anstatt »in Ruhe und Gemächlichkeit zu Nichts« zu werden, »zu einer Weltbegebenheit aufschwoll«, jetzt schwellen wir ab, strecken uns aus dem Sturzbach der Stimmungen, haben nichts mehr zu verlassen, und dass du sagen kannst, eins habe ich ja ganz vergessen, eins zu sagen habe ich ja ganz vergessen, ich habe mich nicht ganz vergessen, habe zu sagen ich ganz vergessen, ich habe mich überhaupt nicht vergessen, nicht im mindesten habe ich mich vergessen.

Und darum bist du nicht da, darum gibt es dich nicht, darum muss ich ein Du immer erfinden. Ist Zuneigung das Wort? Es gab sich mir nicht in die Hand. Es gibt dich nicht. Nicht in die Hand. Was zu dir stand, nicht wahr, an jedem der Ufer, es tritt, sagt der Heilige, sagt der aus der Seine, es tritt gemäht in ein anderes Bild.

Das ist unsere Geschichte. Gemäht. Du, ich. Ich liebe dich. Anderswo. Ein Bild. Ich ahne dich voraus. »Die Jahre gehen vorüber – in einem Bild, seit langem, ahne ich dich voraus.« Jetzt haben wir uns nicht mehr. Aber wir haben diese Geschichte.